U0896432

·一本书读完纯美的古典诗词·

人一生要读的
古典诗词
①

明　道　主编

團结出版社

图书在版编目（CIP）数据

人一生要读的古典诗词 / 明道主编. -- 北京 : 团结出版社，2017.5（2021.1重印）

ISBN 978-7-5126-5190-6

Ⅰ. ①人… Ⅱ. ①明… Ⅲ. ①古典诗歌—诗集—中国 Ⅳ. ①I222

中国版本图书馆CIP数据核字（2017）第118235号

出　版：团结出版社
（北京市东城区东皇城根南街 84 号 邮编：100006）
电　话：（010）65228880　65244790（传真）
网　址：www.tjpress.com
E-mail：zb65244790@vip. 163. com
经　销：全国新华书店
印　刷：三河市南阳印刷有限公司

开　本：155mm × 220mm　16 开
印　张：56 印张
字　数：540 千字
版　次：2017 年 8 月　第 1 版
印　次：2021 年 1 月　第 2 次印刷

书　号：978-7-5126-5190-6
定　价：298.00 元（全四册）

前言

古人说，不读诗词，不足以知春秋历史；不读诗词，不足以品文化精粹；不读诗词，不足以感天地草木之灵；不读诗词，不足以见流彩华章之美。

中国是一个“诗歌的国度”，古典诗词是中国传统文化的奇葩，是我们民族文化遗产中极为珍贵的一部分。早在3000多年前，我们的祖先就创作出了以“诗三百”为代表的优秀诗篇，此后每个历史时期，诗歌创作都结出了丰硕的成果，其中不少名篇佳句脍炙人口，传颂至今。它们已经融入我们的文化性格里，启发着我们的心智，滋养着我们的心灵，成为我们日常生活的一部分。

本书收录了数百首在思想上和艺术上具有一定成就的古诗词，全景再现了中国古典诗词的概貌。“古歌谣”部分选取古代民歌谣谚，再现古人日常生活和情感风貌。“诗经”部分精选《诗经》中的经典作品，清

新的笔调带领我们悠游于两千多年前的田野牧歌之中，采撷其中的快乐与甜奏。“楚辞”带领我们走进屈原的浪漫主义世界。“汉魏晋南北朝诗”既包括朴实自然的古诗，千古流传的乐府，也包括魏晋各大文学家的经典之作，生动再现了当时的文化生活。唐诗部分所选之作，有的揭露了封建社会的黑暗，有的歌颂正义战争，抒发爱国思想，有的描绘祖国河山的秀丽多娇，有的抒写个人抱负和遭遇，有的表达儿女爱慕之情，有的诉说朋友交情、人生悲欢。“唐、五代、宋词”既有“杨柳岸晓风残月”的婉约，亦有“大江东去”的豪迈。“元曲”部分收录了元代具有代表性的散曲和杂剧。宋、元、明、清诗和元、明、清词精选传世之作，表现了不同时代的文学特点。

本书以中国文学史为纲，集合了历代诗词著名选本的精华，讲述了先秦、两汉、魏晋南北朝、唐五代、宋元明清各个时代的诗词艺术特点。为了帮助读者更好地理解原作，本书还增设了相关辅助性栏目：作者介绍简单介绍了作者的生平和作品风格，使读者对作者有一个大体了解；注释部分除对难懂的词语进行注释外，还对全部难字进行了注音；译文力求忠于原作，使读者能直接了解原诗词的语言风格；赏析部分介绍写作背景和写作意图、诗词的意境和写作特点，以及作者所要表达的情感和作品的意义。此外，书中还选配了众多契合诗意词意的图片，给读者带来视觉享受的同时，也扩大其想象空间。你需要做的只是跟随本书走入古典诗词美丽清新的世界，感受至美意境，体验诗情人生。

目录

古歌谣

诗 经

楚　辞

汉魏晋南北朝诗

唐 诗

唐、五代、宋词

柳 永

范仲淹

张 先

晏 殊

欧阳修

王　观

晏几道

苏　轼

李之仪

黄庭坚

秦 观

贺 铸

周邦彦

赵 佶

李清照

元　曲

宋、元、明、清诗

王安石

苏 轼

元、明、清词

古歌谣

中国是诗的国度，我们的祖先从开始说话的那天起就开始了诗的歌唱。《毛诗序》说得好："诗者，志之所之也。在心为志，发言为诗。情动于中而形于言，言之不足故嗟叹之，嗟叹之不足故咏歌之。咏歌之不足，不知手之舞之，足之蹈之也。"诗歌本来就是人的情感的表达，当人类的语言还不足以充分表达人们心中的情感的时候，歌唱在表达人的情感方面也许比语言更为生动，也更为贴切，因为每一个字和着一个优美的音符和乐调，每一个音符和乐调里都包含着无尽的情意！今天我们看到的这些远古时代留存下来的歌谣，是先民们思想情感最真实的记录，他们将各种生活如战争、祭祀、种田、狩猎、捕鱼、采摘、养蚕、织布、盖房以及恋爱、结婚、生育的过程都诉诸歌唱，这些歌谣足以让我们真切地感受到我们祖先的所思所感，所爱所恨，它们扣人心弦，让人有身临其境的感觉。

击壤歌[①]

吾日出而作，日入而息，凿井而饮，耕田而食，帝力何有于我哉[②]！

【注释】

①击壤：古时一种游戏。王应麟《困学纪闻》二十引《风土记》曰："以木为之，前广后锐，长尺三寸，其形如履，先侧一壤于地，遥于三四步，以手中壤击之，中者为上。"②帝：指帝尧。

【诗解】

此歌创作时间已不可考。全歌古朴质厚，写出了远古初民日出而作、日入而息的纯朴生活。歌谣的大意是：白天出门辛勤地工作，太阳落山了便回家去休息，凿井取水便可以解渴，在田里劳作就可以过上自给自足的生活。这样的生活多么惬意，帝王的力量对我来说又有什么作用呢！

伊耆氏蜡辞[1]

土反其宅[2]，水归其壑；昆虫勿作[3]，草木归其泽[4]。

【注释】

①蜡（zhà）：一种在年终举行的有关农事的祭典，相传始自远古时代伊耆氏部落。蜡辞：即蜡祭时的祝辞。②反：通“返”。宅：河流的堤岸。③昆虫：害虫。勿：不要。作：兴起。④草木：妨碍农作物生长的杂草和丛生的灌木之类。泽：聚水的洼地。

【诗解】

这篇祝辞全用祈使性的语气，实际上是一首“咒语”式的歌谣。在远古时代，因为生产力低下和科学技术不发达，所以人们对自然灾害往往怀有恐惧和无可奈何的心理，但这首歌谣表现了人们控制、战胜自然灾害的强烈愿望和豪迈气概。

尧 戒

战战栗栗，日谨一日。人莫踬于山[1]，而踬于垤[2]。

【注释】

①踬：被绊倒。②垤：小土堆。

【诗解】

相传这是帝尧的座右铭。“战战栗栗，日谨一日”是讲为国之君首先要深明责任重大，应如履薄冰，心存戒惧，一日比一日更加谨慎。“人莫踬于山，而踬于垤”是说人不会被大山绊倒，却会被小土堆绊倒。

卿云歌①

卿云烂兮，纠缦缦兮②。日月光华，旦复旦兮③。明明上天，烂然星陈。日月光华，弘予一人④。日月有常，星辰有行。四时从经，万姓允诚⑤。於予论乐，配天之灵⑥。迁于贤圣，莫不咸听⑦。鼚乎鼓之⑧，轩乎舞之⑨。菁华已竭，褰裳去之⑩。

【注释】

①卿：通“庆”。庆云，和气光明之云。②纠：丛聚。缦缦(màn)：光彩灿烂的样子。③旦复旦兮：一天又一天，指太平之世将绵延不绝。以上四句为帝舜唱。④“日月”两句：日月的光明灵秀之气孕育了舜之聪明贤圣。这是大臣赞美舜的歌辞。以上四句为八伯唱。⑤“日月有常”四句：这是舜勉励大臣百姓的话，日月、星辰、四时、社会皆有秩序地运行，大臣百姓要诚实地遵从。常，常道。行，常行。经，常经。允诚，诚实。⑥於(wū)：语气词。论：讨论，此处指演唱。配天之灵：得到天的福佑。灵：神灵，灵气。⑦“迁于”两句：舜所作的乐歌，连贤圣们也都愿意聆听。迁：移动，进升。⑧鼚乎鼓之：大鼓小鼓一起演奏。《仪礼》：“鼚者小鼓，与大鼓为节。”这里的鼚与鼓都是动词。⑨轩：飞舞的样子。⑩“菁华”二句：尽情地歌舞娱乐之后，高高兴兴地离开。菁华：原指盛开的花，此处指歌舞尽兴。褰裳：

提起下衣。去：离开。以上十二句为帝舜唱。

【诗解】

这是舜帝与其大臣的相和之歌。舜歌唱天下光明太平；大臣赞美舜集聚日月光华而聪明贤达；舜勉励大臣百姓要遵从日月星辰的运行、四时的迁移之序和国家的政教法令，以后要听从禹的领导。后面写歌舞娱乐的盛况。传说舜是歌舞能手，还发明了五弦琴。他所演唱的歌舞有神灵的福佑，圣贤百姓莫不愿意欣赏聆听。他们也跟着载歌载舞，直到尽兴而去。这也许是中国古代有着完整记载的第一组唱和诗，整组诗生动地描写了帝舜与大臣们欢乐和谐的情景，也表现了古代社会对帝王禅让的美好理想。

南风歌

南风之薰兮①，可以解吾民之愠兮②。南风之时兮③，可以阜吾民之财兮④。

【注释】

①薰（xūn）：和煦。②愠（yùn）：暑气。③时：及时。④阜（fù）：增加。

【诗解】

此篇表面写远古先民沐浴着南风，享受着南风带来的清凉和滋润时的情怀。实是先民在尧舜盛德的养育之下，对于幸福安康的生活的满意和对尧帝舜帝感恩之情的表达。

麦秀歌

麦秀渐渐兮[1]，禾黍油油[2]。彼狡童兮[3]，不与我好兮。

【注释】

①渐渐（jiān）：指（麦芒）渐渐长。②油油：色泽光润的样子。③狡童：指纣王。

【诗解】

此歌是箕子所作。箕子与殷纣王同姓，是帝乙的弟弟，纣王的叔父，属殷商贵族，性耿直，有才能，在纣朝内任太师辅朝政。后纣愈奢靡，旦夕酒作乐而不理政。箕子屡谏纣不听。武王灭商建周后向箕子询治国之道，箕子不愿做周的顺民，带领遗老故旧东渡。后在朝周途中，见故都朝歌宫室毁坏荒凉，遍地野生麦黍，心甚伤之，欲哭则不可，欲泣则近于妇人，乃作《麦秀歌》，意为“你那时不听我劝，如今落得这般田地”。殷民听见，皆动容流涕。《麦秀歌》寥寥十数字，将亡国惨状和亡国原因和盘托出，凄凉悲惋，情感深切。后人常以“麦秀”、“黍离”来表示亡国之痛。

采薇歌①

登彼西山兮②，采其薇矣③，以暴易暴兮，不知其非矣④。神农、虞、夏忽焉没兮，我安适归矣⑤！于嗟徂兮，命之衰矣⑥。

【注释】

①司马迁《史记·伯夷列传》曰：“武王已平殷乱，天下宗周，而伯夷、叔齐耻之，义不食周粟，隐于首阳山，采薇而食之。及饿且死，作歌。”②西山：首阳山。③薇：野豌豆，嫩苗可食。④“以暴”两句：以武王之暴臣易殷纣之暴主，还不知这样做的错误。⑤“神农”两句：言神农、虞、夏禅让之道已湮没无存，如今暴臣暴主相争夺，无所依归。⑥于(xū)嗟(jiē)：感叹词。徂(cú)：往也，死也。以上两句是说：今日饿死，亦是命衰运薄，不遇大道之时，以至忧虑而死。

【诗解】

伯夷、叔齐商末孤竹君之二子。相传其父遗命要立次子叔齐为继承人。孤竹君死后，叔齐让位给伯夷，伯夷不受，叔齐也不愿登位，先后都逃到周国。周武王伐纣，二人叩马谏阻武王不要以暴易暴。武王灭商后，他们耻食周粟，采薇而食，饿死于首阳山。临终前唱出了这首歌，表现了生于乱世而不遇的怨恨和悲伤。

饭牛歌①

南山矸，白石烂②，生不逢尧与舜禅③。短布单衣适至骭④，从昏饭牛薄夜半⑤。长夜漫漫何时旦⑥？

【注释】

①饭：借为“贩”，贩卖。②矸(gàn)：山石白净的样子。烂：灿烂。以上两句以山石明丽灿烂，隐喻尧舜唯贤是用的盛世。③禅：尧以天下为公，把帝位传给有才德的舜，此所谓“禅让”。这与后世帝王将帝位传给子孙不同。“生不”句为宁戚感伤生不逢时。④骭(gàn)：小腿。宁戚生活穷困，衣不蔽膝。⑤薄：至。⑥“长夜”句：以长夜漫漫比拟自己长久不遇，不知何时才能受到君主的重用。

【诗解】

相传此诗为春秋时宁戚所作。宁戚，春秋时卫国人，早年怀经世济民之才而不得志。他获悉齐桓公重人才，便决心投靠齐国，以便有一番作为。他不畏艰难来到临淄，自我推荐，击牛角高歌。这首歌表现了宁戚对尧舜盛世的向往以及空有壮志才能而无法施展的悲伤。宁戚最终得到齐桓公的重用，拜为大夫，后长期任齐国大司田，负责齐国的农业生产，帮助齐国迅速富裕起来，是齐桓公主要辅佐者之一。

忼慷歌

贪吏而不可为而可为，廉吏而可为而不可为。贪吏而不可为者，当时有污名？而可为者，子孙以家成。廉吏而可为者，当时有清名？而不可为者，子孙困穷被褐而负薪。贪吏常苦富，廉吏常苦贫。独不见楚相孙叔敖，廉洁不受钱。

【诗解】

据《史记·滑稽列传》载，楚国令尹（宰相）孙叔敖为官廉洁，去世后，其子贫苦。善于讽谏时事的伶人优孟特意模仿孙叔敖的言谈笑貌，令楚庄王难辨真假，以为孙叔敖复生，欲再以为相。优孟就唱了这首《忼慷歌》，歌的大意是说：贪官可以做也不可以做，清官可以做也不可以做。若说贪官是不可以做的，难道当时就会有坏名声吗？贪官也是可以做的，家族子孙坐享其成。若说清官是可以做的，难道当时就会有好名声吗？清官也是不能做的，因为子孙会背着木柴穿着粗布衣穷困潦倒。贪官常因为富足而烦恼，清官常因为贫困而烦恼。唯独不见了楚国的宰相孙叔敖，他廉洁奉公不收受钱财。优孟的行为感动了楚庄王，楚庄王最终封赏了孙叔敖的儿子，这就是有名的“优孟衣冠”的故事。前人评价此诗说：“将廉吏之不可为说透，而主意于一语缀出，情深语竭。楚王听之，不觉自入。”

去鲁歌

彼妇之口，可以出走。彼妇之谒[1]，可以死败。盖优哉游哉，维以卒岁[2]。

【注释】

①谒：进见。②维：语气助词，无意义。

【诗解】

春秋时，孔子杀死乱政的少正卯，在内政外交方面都有所作为，鲁国大治。齐国惧怕鲁国强大，送女乐、好马给鲁国执政者季桓子，季桓子从此耽于淫乐，不理朝政。孔子非常失望，带领部分弟子离开了鲁国，开始了长达十四年的周游列国的生涯。临走时，他以歌表白心声，后称孔子离开鲁国时所做的这首歌为《去鲁歌》。歌词大意是：那些妇人的口啊，可以把大臣赶走；亲近那些妇人啊，可以使国破家亡。好悠闲啊好悠闲，我只有这样安度岁月。歌曲表达了孔子内心对政局的无可奈何，而又对祖国的眷恋不舍的复杂情感。从此孔子的思想也开始发生了变化，进入到“知天命”的阶段。

获麟歌

唐虞世兮麟凤游①，今非其时来何求！麟兮麟兮我心忧。

【注释】

①“唐虞”句：唐虞是指唐尧虞舜两位上古明君。麒麟凤凰都是瑞兽，相传只有圣明的君主在位时它们才会出现。所以说唐尧虞舜之世有麒麟凤凰巡游。

【诗解】

据典籍记载，周敬王三十九年（哀公十四年）春，西狩于大野。叔孙氏家臣婞商获麟。折其左足，载以归。叔孙氏以为不祥，弃之郭外，使人告孔子曰：有麇而角者何也？孔子往观之曰：麟也，胡为乎来哉！反袂拭面，涕泣沾衿。叔孙氏闻之，然后取之。子贡问曰：夫子何泣也！孔子曰：麟之至为明王也，出非其时而见害，吾是以伤之。麒麟被视为仁兽、瑞兽，只在逢遇圣君盛世时才出现，而乱世出现麒麟并非好事，捕获它就更是不祥之兆了，孔子长叹哭泣，感叹自己不得其时，不能施行正道。“西狩获麟”事，《春秋》、《左史》、《史记》均有记载，但并未有孔子作的《获麟歌》，也未见他的学生记录此事。而《公羊传》杨士勋的注疏记孔子泣曰：“麟出而死，吾道穷矣！”于是作歌一首。

楚狂歌

凤兮凤兮[①]，何德之衰？往者不可谏[②]，来者犹可追[③]。已而已而，今之从政者殆而[④]。

【注释】

①凤：比喻圣者孔子。②谏：匡正。③追：补救。④已：止，算了。殆：危险。

【诗解】

这首歌出自《论语·微子》，楚国的狂人接舆唱着歌经过孔子的车前，唱道：“凤鸟啊，凤鸟啊，您的德行为什么这样衰微？过去的已经不能挽回，未来的还来得及改正。算了吧，算了吧，今天的从政人物也太危险了。”春秋时代礼崩乐坏，战争频繁，政治混乱。很多有学问的人看到时世太乱，难以挽救，便消极起来，采取了隐居避世的态度。楚国的狂人接舆就是代表。他看到一心想要恢复周代礼乐典章制度的孔子，就以歌唱的方式规劝孔子不要知其不可为而为之。

沧浪歌

沧浪之水清兮[①]，可以濯我缨[②]；沧浪之水浊兮，可以濯我足。

【注释】

①沧浪：水名，实指不详。②濯（zhuó）：洗涤。缨：系帽的丝带。古人重冠，故以清水濯之。《说文解字》：“缨，冠系也。”

【诗解】

《楚辞·渔夫》：“沧浪之水清兮，可以濯吾缨；沧浪之水浊兮，可以濯吾足。”隐喻人生在世应随波逐流才能尽其天年，所谓“举世皆浊我亦浊，众人皆醉我亦醉”。《沧浪歌》复见于《孟子·离娄》，讲述孔子听孺子唱出沧浪之歌，便引之以告诫弟子，明白儒者自取（自由选择）之道。水清只是清水，水浊仅是浊流，濯缨濯足皆凭自决。

渔父歌

日月昭昭乎寝已驰，与子期乎芦之漪。日已夕兮，予心忧悲。月已驰兮，何不渡为！事寝急兮将奈何！芦中人，岂非穷士乎！

【诗解】

据《吴越春秋》记载，伍员（字子胥）父兄被楚平王所杀，子胥过昭关，奔逃去吴，后有追兵。到了江边，见江中有渔父。子胥呼喊渔父，渔父先后吟唱上面的《渔父歌》。既渡过子胥，见其十分饥饿，告诉他：我为你取饭来！渔父走后，伍子胥生疑，躲到芦苇深处。渔父果然拿来饭食，并呼：芦中人，岂非穷士乎？子胥看得真切，出来吃饱肚子后，解下价值百金的佩剑，欲赠予渔父，渔父不受。临行，子胥嘱咐渔父千万不要泄露自己的行踪！渔父应诺。子胥走了不远，听得身后有响声，回头一看，见渔父竟然翻船自沉！

越人歌

今夕何夕兮①，搴舟中流②？今日何日兮，得与王子同舟③？蒙羞被好兮④，不訾诟耻⑤。心几烦而不绝兮⑥，

得知王子[7]。山有木兮木有枝，心说君兮君不知[8]！

【注释】

①夕：夜晚。《诗经·唐风·绸缪》："今夕何夕？见此良人。"②搴（qiān）舟：划船。中流：河中。③王子：指鄂君子皙。④蒙羞：感到害羞。被好：遇到相好。⑤不訾：不计量。诟：责骂。以上两句是说：只要能与王子相好，我就不在乎别人的责骂耻笑。⑥"心几"句：心中几多忧烦不绝如缕。⑦得知王子：能被王子相知。⑧说：通"悦"，喜欢、爱慕。

【诗解】

西汉刘向《说苑·善说》记载，楚王母弟鄂君子皙泛舟河中，乘青翰之舟，张翠盖，钟鼓齐鸣。摇船的是一位越地的姑娘，她趁乐声暂停，便怀抱双桨，用越语唱了这首歌谣，表达了她对鄂君子皙真挚的爱慕之情。歌词清新委婉，一唱三叹，是越女心曲的自然流露，优美动人。谐音双关的运用，尤显得含蓄蕴藉。

琴　歌

乐莫乐兮新相知，悲莫悲兮生别离。

【诗解】

春秋时齐国大夫杞殖，于齐庄公四年（公元前550年）先伐卫、晋，回师袭莒。他与华周率少数甲士夜出隧险，突击至城郊。莒君以重赂约和，他拒不接受，后在激战中被俘而死。

据《列女传》记载其妻哭夫于城下十日，城墙为之倒塌。琴曲专著《琴操》中说，杞殖死了，他的妻子就抚琴作了这首歌。歌词大意是说：快乐啊，快乐莫过于新人相知；悲伤啊，悲伤莫过于活着就分离。

弹歌

断竹，续竹[①]。飞土[②]，逐肉[③]。

【注释】

①续竹：用弦线连接竹竿两头，制成弹弓。②土：弹丸。③肉：禽兽。

【诗解】

据《吴越春秋》记载："古者人民朴质，饥食鸟兽，渴饮雾露，死则裹以白茅，投于中野，孝子不忍见父母为禽兽所食，故弹以守之，故歌曰：'断竹，续竹。飞土，逐肉。'"这是一首远古时代的歌谣。它简洁生动地呈现了远古初民狩猎活动的过程，表现了他们的勤劳智慧。全诗由四组动宾结构的短语组成，简约明练，连贯而有气势。

易水歌

风萧萧兮易水寒[1]，壮士一去兮不复还[2]！

【注释】

①萧萧：疾风声。②壮士：荆轲自称。

【诗解】

荆轲是卫国人，后来到燕国，受到燕太子丹的礼遇，被称为荆卿。荆轲为报太子丹的知遇之恩，于公元前 227 年入秦刺杀秦王。临行时，“太子及宾客知其事者，皆白衣冠以送之。至易水上，既祖，取道。高渐离击筑，荆轲和而歌，为变徵之声，士皆垂泪涕泣，又前如歌曰：‘风萧萧兮易水寒，壮士一去兮不复还！’复为羽声慷慨，士皆瞋目，发尽上指冠。于是荆轲就车而去，终已不顾”。全诗慷慨悲壮，秋风萧萧、易水清寒的自然景物烘托渲染了荆轲英勇赴难的侠士本色和视死如归的献身精神。

候人歌[1]

候人兮猗[2]！

【注释】

①《吕氏春秋·音初》：“禹行功，见涂山之女，禹未之遇而巡省南土。涂山氏之女乃令其妾候禹于涂山之阳，女乃作歌，歌曰‘候人兮猗’，实始作为南音。周公及召公取风焉，以为‘周

南'、'召南'。"据此，这应该是我国现存的最早的歌谣之一。这首歌谣虽然只有短短一句，但那深情的呼唤表达了强烈的思念之情。从形式上看，有两个实词和两个语气词。这种句式对四言诗的形式有一定的影响。②候：等待。猗：语气词，同"兮"，两语气词重叠，表达了强烈的抒情语气。

楚人谣

楚虽三户，亡秦必楚。

【诗解】

此谣出自《史记·项羽本纪》，大意是说：楚国即使只剩三户人家，使秦朝灭亡的也一定是楚国。这话最终应验，陈胜、项羽、刘邦都是楚国人。"楚虽三户，亡秦必楚"后来常作为必胜信念的强烈表达。

大地之歌

履霜①，直方②，含章③。括囊④，黄裳⑤。龙战于野⑥，其血玄黄⑦。

【注释】

①履霜：踏着秋霜。②直方：大地平直方正，辽阔无际。直：平坦。方：古人以为天圆地方。③含章：大地多姿多彩。章：文采。④括囊：忙着系装满粮食的口袋，形容秋收的景象。

括：结扎。囊：口袋。⑤黄裳：黄色的衣裳。⑥龙战于野：龙蛇在田野里厮斗。⑦玄黄：血淋漓貌。

【诗解】

《易经》保存了大量古代的歌谣。《易经》有六十四卦，每一卦有六爻，爻分为阳爻和阴爻。解释爻之意义的文辞叫爻辞。《易经》的爻辞多引用当时流行的歌谣。爻，先秦时代称作“繇”；“繇”的本字是“谣”，即歌谣。《易经》的成书年代不会晚于《诗经》，它所引的古歌当然时代更早。爻辞所引的歌谣以三言、四言为主，亦有二言、五言、七言等，已开始向《诗经》整齐的四言诗靠近。本诗引自《易经·坤》。这是一首描写秋天景色的大地之歌。诗的大意是：到了秋天霜降的季节，一眼望去大地坦荡无垠，丰收的田野里多姿多彩，人们忙着把丰收的果实装进口袋，大家都穿着黄色的衣裳。最后两句意在劝诫：秋天虽然是丰收季节，但如果不懂得把持收敛而是急功近利，最终导致争斗的发生，就像两条龙在在原野上撕咬，鲜血淋漓。

婚礼之歌

屯如[①]，邅如[②]。乘马[③]，班如[④]。匪寇[⑤]，婚媾[⑥]。乘马，班如。求婚媾，屯其膏[⑦]。乘马，班如。泣血[⑧]，涟如[⑨]。

【注释】

①屯如：艰难不前的样子。屯：艰难不前。如：通“然”。②邅如：回转不前的样子。邅：回转。③乘：四匹马驾的车。④班：通“盘”，指盘旋，徘徊。⑤匪寇：不是抢掠。⑥婚媾：婚姻。⑦屯其膏：盛满油脂，以作聘礼。屯：聚集。膏：油脂。⑧泣血：流泪。⑨涟如：泪流的样子。

【诗解】

本诗引自《易经·屯》。这是一首古老的婚礼歌谣。首先是描写婚礼的开端；接着是婚礼的发展，介绍求婚的聘礼；最后进入高潮，新娘离家时啼哭不止，泪流满面，悲喜交加。

战斗之歌

同人于野[①]，同人于门[②]，同人于宗[③]。伏戎于莽[④]，升其高陵[⑤]，三岁不兴[⑥]。乘其墉[⑦]，弗克攻[⑧]。同人先号眺[⑨]，而后笑：大师克相遇[⑩]，同人于郊[⑪]。

【注释】

①同人于野：聚合族人于野外。同：聚合。②门：城门。

③宗：宗庙。以上三句描写了聚合族人的三个阶段：由散居乡野的族人分别聚合，再集结于城门，最后集合于宗庙而受命于先祖。④伏戎于莽：把军队埋伏在草莽丛林之中。戎：军队。⑤升其高陵：登上高地，占据有利的形势。升：登。⑥三岁不兴：战斗相持数年。三岁：数年。兴：起。⑦乘其墉：登上那城墙。墉：城墙。⑧弗克攻：没有人能攻取。克：能。⑨同人先号眺：众将士起初啼哭，因为战斗不利。⑩大师克相遇：众军终能抵御敌人。遇：抵挡。⑪同人于郊：会师郊外。

【诗解】

出自《易经·同人》。这是一首战斗之歌。其叙事的清晰完整是令人惊异的：首先概略记叙了集结军队的三个阶段，然后着重描述了战争的过程。这首诗表现了战士们敢于抗击来犯之敌的勇气，歌颂了他们坚强不屈的斗争精神。句式整齐，音韵和谐，是《易经》中不可多得的表现战争题材的杰作。

箕子之歌

明夷于飞①，垂其左翼②。君子于行③，三日不食④。

【注释】

①明：通“鸣”，鸣叫。夷：通“雉”，山鸡。于：动词词头，无实义。②垂其左翼：鸣雉低垂着左翼，这是形容鸣雉的疲乏无力。③君子：指纣之叔父箕子。行：出走，离去。④不食：箕子不食纣王俸禄，指不与暴君合作。

【诗解】

此歌出自《易经·明夷》。据黄玉顺《易经古歌考释》，这是箕子射猎雉鸡之歌。箕子是殷纣王的叔父，纣王无道，箕子苦心劝谏，纣王不听，反而要迫害箕子，箕子无奈装疯避世，周朝建立后武王曾向他咨询治国方略。这是一首表现箕子出淤泥而不染、独善其身的歌谣。诗歌运用比兴的手法，含义隐约含蓄，余味不尽。

诗　经

《诗经》原名为《诗》，或称《诗三百》。战国时期被列为儒家“六经”之一。及至汉武帝时，“罢黜百家，独尊儒术”，并设“五经”博士。于是《诗》被汉代儒者奉为经典，乃称《诗经》，并沿用至今。

《诗经》收集了三百一十一篇诗歌，其中六篇只有标题，没有内容，有标题和文辞的现存三百零五篇。内容可分为两部分：一部分为贵族文人所作，作者大多无可考究；另一部分是由民间采集而来再经乐官加工整理的民歌，作者亦无从考究。内容包括周民族的史诗、颂歌、怨刺诗，以及婚恋诗、征役诗、爱国诗等，丰富多彩。

由于其丰富的内容、高度的现实性、思想和艺术上的高度成就，《诗经》在中国乃至世界文化史上都占有重要地位。它开创了中国诗歌之优秀传统，对后世文学产生了不可磨灭的影响。

关 雎

关关雎鸠[①]，在河之洲。窈窕淑女[②]，君子好逑[③]。参差荇菜[④]，左右流之。窈窕淑女，寤寐求之[⑤]。求之不得，寤寐思服[⑥]。悠哉悠哉[⑦]，辗转反侧[⑧]。参差荇菜，左右采之。窈窕淑女，琴瑟友之[⑨]。参差荇菜，左右芼之[⑩]。窈窕淑女，钟鼓乐之[⑪]。

【注释】

①关关：水鸟相互和答的鸣声。雎（jū）鸠（jiū）：水鸟名，即鱼鹰。相传这种鸟情意专一。②窈（yǎo）窕（tiǎo）：幽静美丽的样子。淑：好，善。③逑（qiú）：配偶。④参（cēn）差（cī）：长短不齐的样子。荇（xìng）菜：一种水生植物，可以采来做蔬菜吃。⑤寤（wù）：睡醒。寐（mèi）：睡着。⑥思服：思念。⑦悠哉：思虑深长的样子。哉：语气词，相当于“啊”、“呀”。⑧辗转反侧：在床上翻来覆去睡不安稳。⑨友：动词，亲近。⑩芼（mào）：择取。⑪乐：使动用法，使……快乐，使……高兴。

【译文】

“关关关关……”相应和的一对雎鸠，栖宿在黄河中的小洲上。娴静美丽的好姑娘，正是与君子相配的好对象。长短不齐的荇菜，时左时右地去采摘它。娴静美丽的好姑娘，君子日

夜心思都在追求着她。追求她却不能得到她，翻来覆去想她——睡不着。那么深长的深长的思念啊，翻来覆去不能成眠。长短不齐的荇菜，时左时右地将它采摘。娴静美丽的好姑娘，必能琴瑟和鸣相亲相爱。长短不齐的荇菜，左右选择才去摘取。娴静美丽的好姑娘，钟鼓齐鸣地将你迎娶。

桃 夭

桃之夭夭[①]，灼灼其华[②]。之子于归[③]，宜其室家[④]。桃之夭夭，有蕡其实。之子于归，宜其家室。桃之夭夭，其叶蓁蓁[⑤]。之子于归，宜其家人。

【注释】

①夭夭（yāo）：娇嫩而茂盛的样子。②灼灼（zhuó）：花朵开得火红鲜艳的样子。华：同“花”。③之：指示代词，这，这个。子：女子，姑娘。于：往。归：女子出嫁。后世就用“于归”指出嫁。④宜：和顺，使动用法，使……和顺。室家：家庭。以下

“家室”、“家人”同义。⑤蓁蓁(zhēn)：叶子茂密的样子。

【译文】

桃树多么繁茂，盛开着鲜花朵朵。这个姑娘出嫁了，她的家庭定会和顺美满。桃树多么繁茂，垂挂着果实累累。这个姑娘出嫁了，她的家庭定会和顺美满。桃树多么繁茂，桃叶儿郁郁葱葱。这个姑娘出嫁了，她的家庭定会和顺美满。

汉 广

南有乔木①，不可休思②。汉有游女③，不可求思。汉之广矣，不可泳思④。江之永矣⑤，不可方思⑥。翘翘错薪⑦，言刈其楚⑧。之子于归⑨，言秣其马⑩。汉之广矣，不可泳思。江之永矣，不可方思。翘翘错薪，言刈其蒌⑪。之子于归，言秣其驹⑫。汉之广矣，不可泳思。江之永矣，不可方思。

【注释】

①乔：高。②休：休息。思：语末助词。乔木高耸，很少树

荫，因而不适宜在乔木下休息。③游女：出游的女子。女子出游，是汉魏以前长江、汉水一带的风俗。④泳：游泳渡过，泅渡。⑤江：长江。永：长，指江水流得很远。⑥方：古称竹筏或木筏为“方”。此处用作动词，乘筏渡江。⑦翘翘：众多树枝挺出的样子。错：错杂，杂乱。薪：柴。古时男女嫁娶时烧火炬照明，因此，这里用“错薪”起兴。⑧言：关联词，有“乃”、“则”的作用。楚：荆，一种丛生的树木。⑨之子：那个女子。于归：出嫁。⑩秣：喂马。⑪蒌（lóu）：蒌蒿，植物名，生在水泽中，可当饲料。⑫驹（jū）：小马。

【译文】

南边有棵高大的树，却不能在树下休息。汉水边上有位游赏的姑娘，想要追求却没希望。汉水宽广无边，不能游到对岸。长江浩浩荡荡，无法乘筏渡江。杂乱丛生的草木，只砍取其中的荆条。那位姑娘要出嫁，先喂饱她骑的马。汉水宽广无边，不能游到对岸。长江浩浩荡荡，无法乘筏渡江。杂乱丛生的草木，只割取其中的蒌蒿。那位姑娘要出嫁，先喂饱她骑的马。汉水宽广无边，不能游到对岸。长江浩浩荡荡，无法乘筏渡江。

绿 衣

绿兮衣兮，绿衣黄里[①]。心之忧矣，曷维其已[②]！绿兮衣兮，绿衣黄裳[③]。心之忧矣，曷维其亡[④]！绿兮丝兮，女所治兮[⑤]。我思古人[⑥]，俾无訧兮[⑦]。絺兮绤兮，凄其以风。我思古人，实获我心！

【注释】

①衣：外衣。里：内衣。②曷：何时，怎么。维：语气词。已：停止。③裳：下衣。④亡：同“忘”。⑤女：同“汝”，你。治：制，纺织。⑥古：通“故”，离世，故去。⑦俾：使，让。訧（yóu）：过失，失误。

【译文】

绿色的衣服啊，绿上衣黄衬里。心中的忧伤，何时才能终止！绿色的衣服啊，绿上衣黄裙裳。心中的忧伤，何时才能消亡！绿色的丝啊，是你亲手纺出。我思念故人，使我避免了多少过错。粗粗细细葛布衣，穿上身凉风习习。我思念故人，事事称心我难忘。

燕 燕

燕燕于飞，差池其羽。之子于归[①]，远送于野[②]。瞻望弗及[③]，泣涕如雨！燕燕于飞，颉之颃之[④]。之子于归，远于将之[⑤]。瞻望弗及，伫立以泣[⑥]。燕燕于飞，下

上其音。之子于归，远送于南。瞻望弗及，实劳我心[7]。仲氏任只[8]，其心塞渊。终温且惠，淑慎其身。先君之思[9]，以勖寡人[10]。

【注释】

①之：指示代词，这，这个。子：姑娘。于归：出嫁。②于：往。野：郊外。③瞻望：向远处看。④颉（xié）：往上飞。颃（háng）：往下飞。⑤将：送。⑥伫（zhù）：站着等候。⑦劳：愁苦，忧伤。⑧仲：排行第二。任：可以信任。只：语气词。⑨先君之思：即“思先君”。先君：先父。⑩勖（xù）：勉励、激励。

【译文】

燕子双飞，参差不齐展翅膀。这位女子要出嫁，远远地送她到郊外。渐渐望她望不见，泪珠滚滚如雨下。燕子双飞，忽上忽下追随忙。这位女子要出嫁，送她不嫌路途长。渐渐望她望不见，久久站立泪涟涟。燕子双飞，忽高忽低相鸣唱。这位女子要出嫁，远远地送她城南外。渐渐望她望不见，苦苦思念欲断肠。二妹令人可信任，她心地真诚虑事深。既温和又贤惠，为人善良又谨慎。“时记先父有大恩。”临别对我多劝勉。

载　驰

载驰载驱[1]，归唁卫侯[2]。驱马悠悠[3]，言至于漕[4]。大夫跋涉[5]，我心则忧。既不我嘉[6]，不能旋反[7]。视尔不臧[8]，我思不远。既不我嘉，不能旋济。视尔不臧，我思不閟[9]。陟彼阿丘[10]，言采其蝱[11]。女子善怀[12]，亦各有行[13]。许人尤之[14]，众稚且狂。我行其野，芃芃其麦。控于大邦，谁因谁极[15]！大夫君子，无我有尤[16]！百尔所思，不如我所之[17]！

【注释】

①载：乃，发语词，无实义。②唁（yàn）：向死者家属慰问或吊唁失国。本诗作者许穆夫人本是卫国之女，嫁给许穆公。公元前660年，狄国攻陷卫都，卫懿公被杀，卫人在漕邑拥立戴公。不久，戴公死，文公继立。戴公、文公和许穆夫人是同胞兄妹。卫侯：卫国国君。③悠悠：道路遥远的样子。④漕：卫国地名。⑤大夫：指来到卫国劝说许穆夫人回去的许国大夫。跋涉：登山涉水。⑥不我嘉：即“不嘉我”。嘉：赞同。⑦旋：还归。反：同“返”。⑧视：比。尔：你们。臧：善。⑨不：不错，行得通。閟（bì）：闭塞，停止。⑩陟（zhì）：登上。阿（ē）丘：偏高的山丘。⑪采：采摘。蝱（méng）：贝母，草药名，有治疗郁闷的功效。⑫善：多。怀：思念。善怀：多愁善感。⑬行（háng）：道理。⑭许人：许国的大夫们。尤：指责，非难。⑮因：依赖，依靠。极：求救。⑯无我有尤：即“无有尤我”。无：不要。有：又。⑰之：往，到。

【译文】

驾起马车快奔走，回去吊唁失国的卫侯。驱马走上漫漫长路，望到祖国漕城头。大夫跋山涉水追来，我心中充满忧愁。既然不赞同我返卫，我也不能马上回去。比起你们没有良策，我的想法很快就可实现。既然不赞同我返卫，我决不渡河再回头。比起你们没有良策，我的想法却行得通。登上那高高的山冈，采摘那解忧的贝母。女子多愁善感，自有道理和主张。许国大夫反对我，众人是如此幼稚愚狂。我独行在郊野之中，一片麦子蓬勃如浪。想向大国奔走求告，可是向谁求援？向谁投靠？你们这些大夫“君子”，不要再斥责我。纵使你们想出百般妙计，也不如我亲自跑一趟！

硕 人

硕人其颀①，衣锦褧衣②。齐侯之子，卫侯之妻，东宫之妹③，邢侯之姨④，谭公维私⑤。手如柔荑⑥，肤如凝脂。领如蝤蛴⑦，齿如瓠犀⑧。螓首蛾眉⑨，巧笑倩兮⑩，美目盼兮⑪。硕人敖敖⑫，说于农郊⑬。四牡有骄⑭，朱帻镳镳⑮，翟茀以朝⑯。大夫夙退，无使君劳。河水洋洋⑰，北流活活⑱。施罛涉涉⑲，鳣鲔发发⑳，葭菼揭揭㉑。庶姜孽孽㉒，庶士有朅㉓。

【注释】

①颀：修长的样子。古代不论男女，皆以高大修长为美。

②褧（jiǒng）衣：麻布做的外衣。女子出嫁途中穿，用来遮蔽尘土。③东宫：古代国君的太子住在东宫，所以东宫成了太子的代称。此指齐国太子得臣。④邢：国名。姨：妻的姊妹。⑤谭：国名。维：是。私：姐妹的丈夫。⑥荑：白茅的嫩芽。⑦领：脖子。蝤（qiú）蛴（qí）：天牛的幼虫，体长，圆而白嫩。⑧瓠（hù）犀（xī）：葫芦的子，洁白整齐。⑨螓（qín）：虫名，似蝉而小，额头宽广方正。⑩倩：口颊间美好的样子。⑪盼：眼神黑白分明，流动有神的样子。⑫敖敖：身体苗条的样子。⑬说（shuì）：停车休息。农郊：城郊。庄姜来嫁时先在都城近郊歇息。⑭牡（mǔ）：驾车的雄马。骄：高大、雄壮的样子。⑮朱幩（fén）：系在马口衔铁的红绸。镳镳（biāo）：鲜明的样子。⑯翟（dí）茀（fú）：用山鸡的彩色羽毛装饰的车子。朝：朝见。⑰洋洋：水势浩大的样子。⑱活活（guō）：流水声。⑲施：设置。罛（gū）：渔网。施罛：撒渔网。濊濊（huò）：渔网入水的声音。⑳鳣（zhān）：黄鱼。鲔（wěi）：鳝鱼。发发：鱼尾摆动、击水的声音。㉑葭（jiā）：芦苇。菼（tǎn）：荻苇。揭揭（jiē）：细长的样子。㉒庶：众。庶姜：指随嫁的众女。孽孽（niè）：服饰华丽的样子。㉓庶士：指随从的众人。朅（qiè）：英武健壮的样子。

【译文】

高个儿美人身材修长，麻纱罩衫披在锦衣上。她是齐侯的女儿，卫侯的娇妻，齐国太子的胞妹，邢侯之妻的妹妹，谭国国君是她的姐夫。手指纤纤如嫩荑，皮肤白润如凝脂。脖子雪白柔长如蝤蛴，牙齿洁白整齐有如葫芦子。螓一样方正的前额还有弯弯蛾眉，一笑酒窝显妩媚，秋水般的眼波顾盼有情。高个儿美人身材苗条，停下车马歇息在城郊。驾车的四马高大矫健，马嚼子的红绸随风飘飘。乘坐饰满雉羽的华车去上朝。大臣们早早告退，以免国君太辛劳。河水浩浩荡荡，滔滔奔流向北方。撒下渔网呼呼作响，黄鱼鳝鱼蹦跳乱闯，芦苇荻花细细长长。陪嫁的姑娘颀长美丽，护送的武士威武雄壮。

木瓜

投我以木瓜[①]，报之以琼琚[②]。匪报也[③]，永以为好也。投我以木桃，报之以琼瑶[④]。匪报也，永以为好也。投我以木李，报之以琼玖[⑤]。匪报也，永以为好也。

【注释】

①投：抛，投赠。木瓜：一种落叶灌木。古代风俗，以瓜果之类为男女定情信物。②报：报答，回赠。琼(qióng)：美玉美石的通称。琚(jū)：佩玉。③匪：通“非”。④瑶：美玉。⑤玖(jiǔ)：黑色的玉。琼玖：泛指美玉。

【译文】

你送我一个木瓜，我回送你一枚佩玉。这不只是回赠，而是为了永远相好。你送我一个桃子，我回送你一块美石。这不只是回赠，而是为了永远相好。你送我一个李子，我回送你黑色美玉。这不只是回赠，而是为了永远相好。

黍离

彼黍离离[1]，彼稷之苗[2]。行迈靡靡[3]，中心摇摇[4]。知我者谓我心忧。不知我者谓我何求。悠悠苍天[5]，此何人哉[6]？彼黍离离，彼稷之穗。行迈靡靡，中心如醉。知我者谓我心忧。不知我者谓我何求。悠悠苍天，此何人哉！彼黍离离，彼稷之实。行迈靡靡，中心如噎。知我者谓我心忧。不知我者谓我何求。悠悠苍天，此何人哉！

【注释】

①彼：指示代词，那，那个。黍（shǔ）：黍子，一种农作物，籽实去皮后叫黄米。离离：排列成行，整齐繁密的样子。②稷（jì）：谷子，一种农作物，籽去皮后叫小米。③行迈：行走不止。一说“迈”为远行。靡靡：步行缓慢的样子。④摇摇：心忧不安的样子。一说为“愮愮”，忧郁无处诉说的样子。⑤悠悠：遥远的样子，形容无边无际。⑥此：指这种颓败荒凉的景象。何人：指什么人（造成的）。

【译文】

那黍子生长满田畴，那谷子抽苗绿油油。我举步迟迟，因为心中彷徨愁闷。理解我的人说我心中忧愁。不理解我的人说我有什么贪求。悠悠苍天啊，是谁害得我要离家走？那黍子生长满田畴，那谷子抽穗垂下头。我举步迟迟，心中忧闷如醉。理解我的人说我心中忧愁。不理解我的人说我有什么贪求。悠悠苍天啊，是谁害得我要离家走？那黍子生长满田畴，那谷子结实不胜收。我举步迟迟，心中哽塞郁闷。理解我的人说我心中忧愁。不理解我的人说我有什么贪求。悠悠苍天啊，是谁害得我要离家走？

子 衿

青青子衿[①]，悠悠我心[②]。纵我不往，子宁不嗣音[③]？青青子佩[④]，悠悠我思。纵我不往，子宁不来？挑兮达兮[⑤]，在城阙兮[⑥]。一日不见，如三月兮！

【注释】

①衿（jīn）：衣领。②悠悠：思念不已的样子。③宁：岂，难道。嗣（sì）：继续。音：音信。嗣音：即保持联系。④佩：指身上佩玉石的绶带。⑤挑：跳跃。达：放恣。⑥阙（què）：城门两边的高台。

【译文】

青青的是你衣领的颜色，悠悠思念的是我的心。即使我不去看你，你为何不捎个音信？青青的是你佩带的颜色，悠悠的是我的思念。即使我不去看你，你为何不来？走来走去，心神不宁，在城门边的高台里。只有一天没见面，好像隔了三个月！

伐檀

坎坎伐檀兮①，置之河之干兮②，河水清且涟猗③。不稼不穑④，胡取禾三百廛兮⑤？不狩不猎⑥，胡瞻尔庭有县貆兮⑦？彼君子兮⑧，不素餐兮！坎坎伐辐兮，置之河之侧兮，河水清且直猗。不稼不穑，胡取禾三百亿兮？不狩不猎，胡瞻尔庭有县特兮⑨？彼君子兮，不素食兮！坎坎伐轮兮，置之河之漘兮⑩。河水清且沦猗⑪。不稼不穑，胡取禾三百囷兮⑫？不狩不猎，胡瞻尔庭有县鹑兮？彼君子兮，不素飧兮⑬！

【注释】

①坎坎：伐木声。檀：檀树，此树木质坚韧，可以造车。②置：放。前一个“之”：代词，它，指檀木。后一个“之”是结构助词。干：岸。③且：而且。涟（lián）：风吹水面所起的波纹。猗：同“兮”，表示感叹语气。④稼（jià）：耕种。穑（sè）：收获。稼穑：指农业劳动。⑤胡：为什么。禾：百谷的通称。三百：形容很多，不是确数。廛（chán）：一亩，古代一个成年男子耕种的田。⑥狩（shòu）：冬天打猎。猎：夜间打猎。统称狩猎为打猎。⑦瞻：看，瞧。庭：院子。县：同“悬”，悬挂。貆（huán）：一种像狐狸的小兽，即獾猪。⑧彼：那，那些。⑨特：三岁的兽，大野兽。⑩漘（chún）：水边，岸。⑪沦（lún）：小而圆的波纹。⑫囷（qūn）：圆形的谷仓。⑬飧（sūn）：熟食，泛指吃饭。

【译文】

砍伐檀树叮当响，把它置于河岸上，河水清清起波纹。你

们既不播种又不收割，为什么拿走三百亩的庄稼？不出狩又不打猎，为什么院子里挂獾猪？那些“君子”呀，可不白吃饭哪！砍伐车辐叮当响，把它置于河边上，河水清清不见波澜。你们既不播种又不收割，为什么拿走三百捆的庄稼？不出狩又不打猎，为什么院子里挂大兽？那些“君子”呀，可不白吃饭哪！砍伐车轮叮当响，把它置于河水边，河水清清旋起波纹。你们既不播种又不收割，为什么拿走三百囷的庄稼？不出狩又不打猎，为什么院子里挂鹌鹑？那些“君子”呀，可不白吃饭哪！

绸缪

绸缪束薪①，三星在天②。今夕何夕，见此良人③？子兮子兮④，如此良人何⑤？绸缪束刍⑥，三星在隅⑦。今夕何夕？见此邂逅⑧。子兮子兮，如此邂逅何！绸缪束楚⑨，三星在户⑩。今夕何夕？见此粲者⑪。子兮子兮，如此粲者何！

【注释】

①绸缪（móu）：缠绕。束：捆。薪：柴。②三星：这里指参宿三星。③良人：好人儿。④子兮：你呀。⑤如……何：把……怎么样。⑥刍（chú）：喂牲口的草。⑦隅：角落。⑧邂逅：不期而遇的人。⑨楚：荆条。⑩户：门。⑪粲：美丽，艳丽。

【译文】

把一捆柴禾左缠右绑，参宿三星高高在天。今夜是个啥日子？见到这个好人儿。你呀你呀，要把这个好人儿怎么办？把一捆牧草左缠右绑，参宿三星东南天边闪。今夜是个啥日子？见到这个可心人。你呀你呀，要把这个可心人怎么办？把一捆荆条左缠右绑，参宿三星低低门口闪。今夜是个啥日子？见到这个美人儿。你呀你呀，要把这个美人怎么办？

蒹 葭

蒹葭苍苍[①]，白露为霜。所谓伊人[②]，在水一方[③]。溯洄从之[④]，道阻且长[⑤]。溯游从之[⑥]，宛在水中央[⑦]。蒹葭萋萋[⑧]，白露未晞[⑨]。所谓伊人，在水之湄[⑩]。溯洄从之，道阻且跻[⑪]。溯游从之，宛在水中坻[⑫]。蒹葭采采[⑬]，白露未已[⑭]。所谓伊人，在水之涘[⑮]。溯洄从之，道阻且右[⑯]。溯游从之，宛在水中沚[⑰]。

【注释】

①蒹（jiān）：又称荻，细长的水草。葭（jiā）：初生的芦

苇。苍苍：芦苇入秋后，颜色深青，茂盛鲜明的样子。②谓：说。伊：指示代词，那，那个。③方：通“旁”，边，侧。④溯(sù)：逆着水流的方向行走。洄(huí)：弯曲盘旋的水道。从：追随，追寻，寻求。⑤阻：险阻，阻碍。⑥溯游：顺流而下。⑦宛：宛然，仿佛，好像。⑧萋萋：草长得茂盛的样子。⑨晞(xī)：干，晒干。⑩湄(méi)：水草交接的地方，水边，也即是岸边。⑪跻(jī)：地势高起。⑫坻(chí)：水中小沙洲。⑬采采：众多稠密的样子。⑭已：止。⑮涘(sì)：水边。⑯右：迂回，曲折。⑰沚(zhǐ)：水中小洲，小沙滩。

【译文】

细长的荻苇青苍苍，白露凝成冰霜。我思念的人啊，在水的那一边。逆着河道追寻她，道路崎岖而漫长。顺着流水追寻她，她好像在水的中央。细长的荻苇萋萋生，露水还没晒干。

我思念的人啊，在河的岸边。逆着河道追寻她，道路崎岖而高险。顺着流水追寻她，她仿佛在水中沙洲上。细长的荻苇密密长，露水还没有消失。我思念的人啊，在河的水边。逆着河道追寻她，道路崎岖而曲折。顺着流水追寻她，她仿佛在水中沙滩上。

无 衣

岂曰无衣？与子同袍①。王于兴师②，修我戈矛③，与子同仇④！岂曰无衣？与子同泽⑤。王于兴师，修我矛戟⑥，与子偕作⑦。岂曰无衣？与子同裳⑧。王于兴师，修我甲兵⑨，与子偕行。

【注释】

①袍：长衣。行军时白天当衣，晚上当被，类似现在的斗篷、披风。②王：此指秦王。于：句中助词。兴师：起兵，发兵。③修：修理、装配。戈矛：长柄兵器。④同仇：共同对敌。⑤泽：贴身的内衣。⑥戟：古代长柄武器，形似戈，有横直两锋刃，兼钩啄和刺击作用。⑦偕：共同。作：行动起来，一同出征作战。⑧裳：下衣，战裙，有护腿足的作用。⑨甲：铠甲。兵：武器的通称。

【译文】

谁说没有衣裳？和你共穿一件战袍。君王要起兵兴师，修整我们的戈与矛。和你共同对付敌人。谁说没有衣裳？和你共

穿一件衣衫。君王要起兵兴师，修整我们的矛与戟，和你一起作战到底。谁说没有衣裳？和你共穿一件战裙。君王要起兵兴师，修整我们的铠甲兵器，和你并肩上战场。

月出

月出皎兮[1]，佼人僚兮[2]，舒窈纠兮[3]，劳心悄兮[4]。月出皓兮，佼人懰兮[5]。舒懮受兮，劳心慅兮[6]。月出照兮[7]，佼人燎兮[8]。舒夭绍兮，劳心惨兮[9]。

【注释】

①皎：明亮而洁白。②佼（jiǎo）：美好。僚（liáo）：同“嫽”，娇美的样子。③舒：缓，徐。窈（yǎo）纠（jiǎo）：形容女子走路时身材的曲线美。下面的“懮（yǒu）受”、“夭绍”义同。④劳心：忧心。悄：忧愁的样子。⑤懰（liú）：美好，妖冶。⑥慅（cǎo）：忧愁的样子。⑦照：此处用作形容词，明亮。⑧燎（liǎo）：明亮。⑨惨：当为“懆（cǎo）”，忧愁不安的样子。

【译文】

月亮出来那样皎洁，月下美人更俊俏，体态轻盈身段苗条，惹人思念我心忧煎。月亮出来那样皓白，月下美人更姣好，体态轻盈美丽妖娆，惹人思念我心焦。月亮出来那样明亮，月下美人更美好，体态轻盈婀娜多姿，惹人思念心烦躁。

七 月

【原文】

七月流火[1]，九月授衣[2]。一之日觱发[3]，二之日栗烈[4]，无衣无褐[5]，何以卒岁[6]？三之日于耜[7]，四之日举趾[8]。同我妇子，馌彼南亩[9]，田畯至喜[10]。七月流火，九月授衣。春日载阳[11]，有鸣仓庚[12]。女执懿筐[13]，遵彼微行[14]，爰求柔桑[15]。春日迟迟[16]，采蘩祁祁[17]。女心伤悲，殆及公子同归[18]。七月流火，八月萑苇[19]。蚕月条桑[20]，取彼斧斨[21]，以伐远扬[22]，猗彼女桑[23]。七月鸣鵙[24]，八月载绩[25]。载玄载黄[26]，我朱孔阳[27]，为公子裳。

【注释】

①七月：夏历七月。流：向下行。火：星名，又名“大火”、“心宿”，是天蝎星座中最亮的一颗星。每年夏历五月，

火星出现在正南方，六月以后，渐偏西，七月里便向西行沉下去，天气渐渐寒冷。②授衣：将缝制冬衣的工作交给女工。③一之日：夏历十一月，也即周历正月。周历以夏历十一月为正月。以下“二之日”、“三之日”、“四之日”，以此类推。觱(bì) 发(bō)：风寒冷。④栗烈：同“凛冽”，空气寒冷。⑤褐：麻织短衣，无袖。⑥卒：终了。⑦于：修理。耜(sì)：农具，犁的一种，用来耕地翻土。⑧举趾：抬脚，下田耕种。⑨馌(yè)：送饭。南亩：泛指田地。⑩田畯(jùn)：掌管农事的官。⑪载：开始。阳：温暖，暖和。⑫仓庚：黄莺。⑬懿(yì) 筐：深筐。⑭遵：顺着，沿着。微行：小路。⑮爰：于是。⑯迟迟：缓缓，形容春季日长。⑰蘩(fán)：白蒿，养蚕用。祁祁：众多的样子。⑱殆：将，只怕。及：与。同归：指被公子强行带走。⑲萑(huán) 苇：芦苇一类的草，可以制作蚕箔。此作动词，指收割萑苇。⑳蚕月：即夏历三月，这是养蚕的月份。条：动词，修剪。㉑斧斨(qiāng)：斧类工具(椭圆的叫斧，方的叫斨)。㉒远扬：指长得太长太高的桑枝。㉓猗：借作“掎”，拉。女桑：嫩桑叶。㉔鵙(jué)：鸟名，又名“伯劳”、“子规”、“杜鹃”。㉕载：则，始。绩：织麻。㉖玄：黑而带红色。㉗孔：非常。阳：鲜明。

【译文】

七月火星偏西方，九月女工制冬衣。十一月北风呼呼吹，十二月寒风凛冽刺骨。粗布衣服都没有，如何熬过寒冬期？正月里修理锄犁，二月份下田犁地。和妻子儿女一起耕作，饭菜送到田地，农官看到满心欢喜。七月火星偏西方，九月女工制冬衣。春天太阳暖洋洋，黄莺对对婉转啼。姑娘手提深竹筐，沿着那小路在行走，采呀采那嫩桑叶。春天日子渐渐长，采蒿的姑娘闹嚷嚷。姑娘心中暗悲伤，怕公子强邀一同归。七月火星偏西方，八月收割芦苇。三月修剪桑树，取来那把斧头，砍掉又高又长的枝条。七月伯劳树上唱，八月纺麻织布忙。染色有黑又有黄，我的红布最鲜艳，为那公子做衣裳。

【原文】

四月秀葽①，五月鸣蜩②。八月其获③，十月陨萚④。一之日于貉⑤，取彼狐狸，为公子裘。二之日其同⑥，载缵武功⑦。言私其豵⑧，献豜于公⑨。五月斯螽动股⑩，六月莎鸡振羽⑪。七月在野，八月在宇。九月在户，十月蟋蟀入我床下⑫。穹室熏鼠⑬，塞向墐户⑭。嗟我妇子，曰为改岁⑮，入此室处。六月食郁及薁⑯，七月亨葵及菽⑰。八月剥枣⑱，十月获稻，为此春酒⑲，以介眉寿⑳。七月食瓜，八月断壶㉑，九月叔苴㉒。采荼薪樗㉓，食我农夫㉔。

【注释】

①秀：植物不开花而结实叫“秀”。葽（yāo）：药草名，今名“远志”。②蜩（tiáo）：蝉。③获：收获庄稼。④陨：落下。萚（tuò）：草木的落叶。⑤于：猎取。貉（hè）：兽名。似狐狸，

毛深厚温暖。⑥同：会合，指聚众打猎。⑦缵（zuǎn）：继续。武功：武事。此处指田猎，古时田猎也属于军事演习。⑧言：语气助词。私：私人占有。豵（zōng）：一岁的小猪。此指小兽。⑨豜（jiān）：三岁的大猪，此指大兽。⑩斯螽：虫名，即蚱蜢。动股：相传斯螽以两股相切发声。⑪莎（suō）鸡：虫名，即纺织娘。振羽：两翼鼓动发声。⑫以上四句写蟋蟀由远而近，由室外躲进室内过冬。⑬穹（qióng）：空隙，孔洞。窒：堵塞。⑭向：朝北的窗子。墐（jìn）：用泥涂抹。户：门。⑮改岁：过年，更改一岁。⑯郁：一种李子。薁（yù）：野葡萄。⑰亨："烹"本字，煮。葵：蔬菜名，又名冬苋菜。菽（shū）：大豆黄豆一类。⑱剥：通"扑"，敲打。⑲春酒：冬日酿酒，春日始成，所以叫"春酒"。⑳介：祈求。眉寿：长寿。长寿的人生有长眉，故称。㉑断：摘取。壶：葫芦之类。㉒叔：拾取。苴（jū）：青麻子，可食。㉓荼（tú）：一种苦菜。薪：采薪，用作动词。樗（chū）：臭椿。㉔食（sì）：养活。

【译文】

四月远志结子囊，五月知了声声唱。八月庄稼要收割，十月落叶随风扬。十一月捕貉子，剥取狐狸皮，好给公子做皮衣。十二月大伙儿聚一起，继续打猎练武忙。猎到小兽归自己，大兽献到公堂里。五月蚱蜢弹腿鸣，六月纺织娘鼓翼叫。七月蟋蟀野外鸣，八月屋檐底下唱，九月进到屋门里，十月钻到我床下。打扫垃圾熏老鼠，塞住北窗，泥抹门缝来御寒。可怜我的妻子儿女，眼看就要过年关，挤进这破屋居住。六月里吃那郁李和葡萄，七月里烹煮冬葵和大豆。八月把那枣儿打，十月收割稻米香。将它酿成好春酒，祝贺老爷寿命长。七月吃瓜，八月摘葫芦，九月拾取青麻，采摘苦菜又砍柴，养活咱们农家人。

【原文】

九月筑场圃①，十月纳禾稼②。黍稷重穋③，禾麻菽麦④。嗟我农夫。我稼既同⑤，上入执宫功⑥。昼尔于茅⑦，宵尔索绹⑧。亟其乘屋⑨，其始播百谷。二之日凿冰冲冲⑩，三之日纳于凌阴⑪。四之日其蚤⑫，献羔祭韭⑬。九月肃霜⑭，十月涤场⑮，朋酒斯飨⑯，曰杀羔羊。跻彼公堂⑰，称彼兕觥⑱，万寿无疆！

【注释】

①筑场圃：把菜园修筑为打谷场。古时场圃同地轮用，春夏为圃，秋冬平整筑实为场。②纳：收进谷仓。禾稼：五谷的通称。③黍稷重穋：都是谷物。黍：黍子，性黏。稷：高粱，性不黏。重：早种晚熟的谷。穋：晚种早熟的谷。④禾：此处专指小米。⑤同：收齐集中。⑥上：通“尚”，还要。执：执行，负担。宫功：修建宫室之事。⑦尔：语气助词。于茅：去割茅草。⑧索绹：用手搓绳。绹(táo)：绳子。⑨亟：同“急”，赶快。乘屋：爬上屋顶修缮房屋。⑩冲冲：凿冰的声音。⑪凌阴：冰窖。⑫蚤：“早”的古字。⑬献羔祭韭：古代一种祭祀仪式，仲春二月，在取冰之时，以羔羊和韭菜祭司寒之神。⑭霜：同“爽”。肃霜：天高气爽。⑮涤场：打扫场圃。⑯朋酒：两樽酒。斯：语

中助词。飨（xiǎng）：同“享”，享用。⑰跻（jī）：登上。公堂：古代的公共场所。⑱称：举杯敬酒。兕（sì）觥（gōng）：兕牛角制成的酒器。

【译文】

九月里筑好打谷场，十月粮食进谷仓。黍子、高粱、早晚谷、米、麻、豆、麦都入仓。可叹我农家人，庄稼收完，又要服役修宫房。白天出外割茅草，夜晚搓绳长又长。急急忙忙盖屋顶，开春又忙种庄稼。腊月凿冰咚咚响，正月里送进冰窖藏。二月早取冰祭寒神，献上韭菜和羊羔。九月天高气又爽，十月清扫打谷场。两樽美酒共品尝，宰杀肥美小羔羊。登上公堂，举起那牛角杯，同声高祝“万寿无疆”！

鹿鸣

呦呦鹿鸣①，食野之苹②。我有嘉宾③，鼓瑟吹笙④。吹笙鼓簧⑤，承筐是将⑥。人之好我⑦，示我周行⑧。呦呦鹿鸣，食野之蒿⑨。我有嘉宾，德音孔昭⑩。视民不恌⑪，君子是则是效⑫。我有旨酒⑬，嘉宾式燕以敖⑭。呦呦鹿鸣，食野之芩⑮。我有嘉宾，鼓瑟鼓琴⑯。鼓瑟鼓琴，和乐且湛⑰。我有旨酒，以燕乐嘉宾之心。

【注释】

①呦呦（yōu）：鹿鸣叫的声音。②苹：草名，一说为蒿草，一说为马帚，即北方的扫帚菜。③嘉宾：贵宾、佳客。④瑟：古

代弹拨乐器。笙(shēng):古代的一种簧管乐器。⑤簧(huáng):笙中之簧叶。鼓簧:指吹笙,鼓动簧叶而发声。⑥承:奉("捧"之古体)。筐:指盛币帛之竹筐。承筐:指主人命奴仆捧出盛币帛的竹筐。将:送。⑦好(hào):爱护。⑧示:指示。周行(háng):大道,正道。⑨蒿(hāo):青蒿。⑩德音:好品德,美名。孔:很。昭:明。孔昭:很显著。⑪视:古"示"字。恌(tiāo):轻浮,不正派。不恌,指正派厚道。⑫君子:指有道德修养有学问的人。则:准则。效:效仿。⑬旨:美,甘。旨酒:美酒。⑭式:语助词。燕:同"宴",宴会。敖:即"遨",游乐,逍遥。⑮芩(qín):草名,蒿草之类。⑯琴:古代弹拨乐器名。古人往往以"琴瑟"喻夫妇或友人情谊和谐。⑰湛(zhàn):同"沈",深。

【译文】

群鹿呦呦鸣叫,来吃田野青草。我有佳客贵宾来啊,弹瑟又吹笙。吹笙吹笙,鼓簧鼓簧,捧出盈筐币帛,来赠我那尊贵

的客人啊！贵宾对我无限厚爱，教我道理最欢喜。群鹿呦呦鸣叫，来吃田野青蒿。我有佳客贵宾来啊，品德高尚有美名。示范人们不可轻佻，君子学习好典型。我有琼浆美酒，贵宾就请畅饮逍遥吧！群鹿呦呦鸣叫，来吃田野芩草。我有佳客贵宾来啊，弹瑟弹琴来助兴。弹瑟又弹琴，宾主和乐又尽兴。我有琼浆美酒，贵宾沉醉乐开怀。

常 棣

常棣之华①，鄂不韡韡②。凡今之人，莫如兄弟。死丧之威③，兄弟孔怀④。原隰裒矣⑤，兄弟求矣。脊令在原⑥，兄弟急难⑦。每有良朋，况也永叹。兄弟阋于墙⑧，外御其务⑨。每有良朋，烝也无戎⑩。丧乱既平，既安且宁。虽有兄弟，不如友生⑪？傧尔笾豆⑫，饮酒之饫⑬。兄弟既具⑭，和乐且孺⑮。妻子好合，如鼓瑟琴。兄弟既翕⑯，和乐且湛。宜尔室家⑰，乐尔妻帑⑱。是究是图，亶其然乎⑲？

【注释】

①常棣（dì）：又名唐棣，数朵花为一簇，实如樱桃状。诗中以此表达兄弟情谊。②鄂：花萼。韡韡（wěi）：光明、光辉，此处形容花色鲜明。③威：通“畏”，可怕。④孔怀：非常关心。⑤裒（póu）：缺少其人。⑥脊令：是一种水鸟。在原：水鸟在原，比喻有难。⑦急难：火速抢救之义。⑧阋（xì）：互相争斗，相互

怨恨，相互争讼。⑨务：即“侮”。⑩烝（zhēng）：众多。戎（róng）：相助。⑪生：语气助词。⑫傧（bīn）：陈列。笾、豆：均系古代用于盛放食品的器皿。⑬饫（yù）：指家宴。⑭具：俱，集。⑮孺：属，有亲慕之意。⑯翕（xī）：聚合，收敛。⑰宜：安。室家：家人，此指夫妇。⑱帑（nǔ）：通“孥”，子孙。⑲亶（dǎn）：信，诚。

【译文】

常棣花开一簇簇，花萼鲜艳又夺目。遍观当今世人啊，哪有像兄弟那样亲又亲。死亡的事多么可怕啊，只有兄弟相牵挂。原野洼地少个人啦，只有兄弟来寻找。水鸟脊令落郊原，兄弟急忙救急难。虽有良朋益友，徒唤奈何且长叹。兄弟家内也有纷争，对外则同心共御敌。虽有良朋益友，众友芸芸无所助啊。死丧祸乱平定了，生活幸福又安宁。虽有手足亲兄弟，不如好友情谊深。摆列餐具享美食，开怀畅饮酒意酣。兄弟相

聚在一起，融洽笃爱且和乐。妻儿和谐恩情深，奏瑟弹琴心相印。兄弟们友爱又和睦，融洽欢乐无穷尽。家庭美满又幸福，妻儿相依乐陶陶。深思熟虑理自明呀，确实如此当牢记。

采 薇

采薇采薇①，薇亦作止②。曰归曰归，岁亦莫止③。靡室靡家④，猃狁之故⑤。不遑启居⑥，猃狁之故。采薇采薇，薇亦柔止⑦。曰归曰归，心亦忧止。忧心烈烈⑧，载饥载渴⑨。我戍未定⑩，靡使归聘⑪。采薇采薇，薇亦刚止⑫。曰归曰归，岁亦阳止⑬。王事靡盬⑭，不遑启处⑮。忧心孔疚⑯，我行不来⑰！彼尔维何⑱？维常之华⑲。彼路斯何⑳？君子之车。戎车既驾㉑，四牡业业㉒。岂敢定居，一月三捷㉓。驾彼四牡，四牡骙骙㉔。君子所依㉕，小人所腓㉖。四牡翼翼㉗，象弭鱼服㉘。岂不日戒，猃狁孔棘㉙。昔我往矣㉚，杨柳依依㉛。今我来思㉜，雨雪霏霏㉝。行道迟迟，载渴载饥。我心伤悲，莫知我哀！

【注释】

①薇：即野豌豆苗，可以食用。②作：初生。止：语气助词。③莫：古“暮”字。④靡：无。⑤猃（xiǎn）狁（yǔn）：我国北方的少数民族。西周时称猃狁，春秋时称北狄，战国以后称

匈奴。⑥遑（huáng）：暇。启：跪坐。居：安坐。古人席地而坐，两膝着席，跪坐时腰板伸直，臀都跟足跟离开；安坐时臀部贴在足跟上。⑦柔：幼嫩。⑧烈烈：火势猛烈的样子，这里指忧心如焚。⑨载：又。⑩戍：戍守，指驻守的地方。⑪使：使者。聘：问候。归聘：带回问候家人的音信。⑫刚：粗硬，指薇菜将老，茎叶变粗变硬。⑬阳：阴历十月。⑭靡盬：没有止境。盬（gǔ）：停止。⑮启处：与上文“启居”同义。⑯孔：非常。疚：痛苦。⑰来：返回，归来。⑱尔：花盛开的样子。维何：是什么。⑲常：通“棠”，棠棣。华：古“花”字。⑳路：同“辂（lù）”，古代的一种大车。斯何：同“维何”。㉑戎车：兵车，战车。㉒牡：雄马。业业：高大健壮的样子。㉓捷：通“接”，即接战。㉔骙骙（kuí）：强壮的样子。㉕依：乘。㉖腓（féi）：蔽护，掩护。㉗翼翼：行列整齐的样子。㉘弭（mǐ）：弓的两头缚弦的地方。象弭：用象牙镶饰的弓。鱼服：用鱼皮做的箭袋。服：通“箙”，箭袋。㉙棘：同“急”。㉚昔：过去。㉛依依：柳条随风摇曳飘拂的样子。㉜思：语气助词。㉝雨（yù）：降落，散落。霏霏：大雪纷飞的样子。

【译文】

采薇菜呀采薇菜，薇菜新芽已长大。回家乡呀回家乡，已盼到年终岁尾。抛弃亲人离家园，只因匈奴来侵犯。跪不宁来坐不安，只因匈奴来侵犯。采薇菜呀采薇菜，薇菜柔嫩刚发芽。回家乡呀回家乡，心里忧愁多牵挂。忧心如同被火焚，又饥又渴真苦煞。防地调动难定下，无法给家人捎音信。采薇菜呀采薇菜，薇茎渐渐长硬。回家乡啊回家乡，又到十月“小阳春”。王室差事无休无止，想要休息没闲暇。心中充满忧愁伤痛，远征在外难归还。那绚丽耀眼的是什么？那是棠棣的花朵。高大的马车属于谁？那是将军的战车。驾起兵车要出战，四匹雄马矫健齐奔腾。边地怎敢图安居？一月要争几回胜。驾着那四匹雄马，雄马强壮又矫健，将军乘坐在车中，小兵掩护也靠它。四匹马步调一致，象牙弓配着鱼皮箭袋。哪有一天不戒备？匈奴实在太猖狂。回想我当初出征时，杨柳依依随风吹。如今回来路途中，雪花纷纷飘落下。我行路艰难慢慢走，又饥又渴真劳累。满心伤感满腔悲，却没有谁人知道我的哀痛。

何草不黄

何草不黄①，何日不行②？何人不将③，经营四方④？何草不玄⑤，何人不矜⑥？哀我征夫，独为匪民⑦！匪兕匪虎⑧，率彼旷野⑨。哀我征夫，朝夕不暇⑩！有芃者狐⑪，率彼幽草。有栈之车，行彼周道。

【注释】

①黄：枯黄。②行：行役。③将：义同“行”，出征。④经营：往来，操劳。⑤玄：赤黑色，指草由枯而腐烂。⑥矜

(guān)：通“瘝”，劳瘁病苦。⑦匪：通“非”。⑧匪：通“彼”，那，那些。兕(sì)：只生一只角的野牛。⑨率：循着，沿着。⑩暇：空暇，闲暇。⑪有：助词，放在形容之前，无实义。有芃(péng)：同“芃芃”，草木茂盛的样子，此处形容蓬蓬松松的狐狸尾巴。

【译文】

哪种草呀不枯黄？什么日子不出行？哪有人呀不去服兵役，往来经营走四方？哪种草儿不枯萎？哪有人儿不经苦难？可怜我们出征人，偏偏不被当人看。不是野牛，不是老虎，却要奔波在旷野上。可怜我们出征人，从早到晚没空闲。狐狸尾巴蓬松松，沿着路边钻草丛。高高的役车征夫坐，行在漫漫的大道上。

葛 覃

葛之覃兮①，施于中谷②，维叶萋萋③。黄鸟于飞，集于灌木，其鸣喈喈④。葛之覃兮，施于中谷，维叶莫莫⑤。是刈是濩⑥，为絺为绤⑦，服之无斁⑧。言告师氏⑨，言告言归。薄污我私⑩，薄浣我衣⑪。害浣害否⑫？归宁父母⑬。

【注释】

①葛：多年生植物，茎皮可织布，也称葛麻。覃(tán)：蔓延生长。②施(yì)：蔓延，伸展。中谷：即“谷中”。③维：发语词，无实义。萋萋：草木茂盛的样子。④喈喈(jiē)：象声词，形容鸟的叫声。⑤莫莫：茂密的样子。⑥是：助词，表示并列的两个动作。刈(yì)：用刀割。濩(huò)：在水中煮。⑦为(wéi)：做。絺(chī)：细葛布。绤(xì)：粗葛布。⑧斁(yì)：厌恶，讨厌。⑨言：发语词。师氏：女管家。⑩薄：发语词。污：去污，清洗。私：内衣，穿在里面的衣服。⑪浣(huàn)：洗。衣：礼服，外衣。⑫害：通“曷”，哪些，什么。否：不要。⑬归宁：古代已婚女子回娘家省亲叫归宁。

【译文】

葛藤长又长，枝条伸展到山谷，叶子真繁茂。黄鸟翻飞，落在灌木丛，欢快地鸣叫。葛藤长又长，枝条伸展到山谷，叶子真繁茂。忙割忙煮，葛布有细也有粗，人人穿上好舒服。

告诉女管家，我想告假回家。搓洗我的衣衫，清洗我的礼服。哪些要洗哪些不要洗？我要急着回家看我的父母。

卷　耳

采采卷耳①，不盈顷筐②。嗟我怀人③，置彼周行④。陟彼崔嵬⑤，我马虺隤⑥。我姑酌彼金罍⑦，维以不永怀⑧。陟彼高冈，我马玄黄。我姑酌彼兕觥⑨，维以不永伤。陟彼砠矣⑩，我马瘏矣⑪。我仆痡矣⑫，云何

吁矣。

【注释】

①采采：茂盛的样子。卷耳：植物名，即苍耳，嫩苗可以吃。②盈：满。顷筐：一种筐子，前低后高像箕形。③嗟(jiē)：叹词。怀人：想念的人。④周行：大路。⑤陟(zhì)：上升，登上。崔(cuī)嵬(wéi)：本指土山上盖有石块，后来引申为高峻不平的山。⑥虺(huī)隤(tuí)：足病跛蹶难走的样子。⑦姑：姑且。酌(zhuō)：斟酒，舀取。金罍(léi)：一种黄金装饰的青铜酒器。⑧维：发语词。以：用，借以。永怀：长久地思念。⑨兕(sì)觥(gōng)：兕是头上只长一只角的野牛。觥是大型的酒器。用兕牛的角做的觥叫兕觥。⑩砠(jū)：盖着泥土的石山。⑪瘏(tú)：马病不能走路前进。⑫痡(pū)：人病不能行。

【译文】

采呀采呀来卷耳菜，采不满小小一浅筐。心中想念我的丈夫，我将小筐搁置在大道旁。他该在登向高高的土石山了，我马也跑得腿软疲累。我姑且把金杯斟满酒，借此暂脱心里的长相思。

他该在登向高高的山脊梁了，我马也病得眼玄黄。我姑且把犀角大杯斟满酒，借此不让心中长久悲伤。他该在登向乱石冈了，我马疲病倒在一旁。仆人也累得病怏怏了，这是什么样的哀愁忧伤！

芣 苢

采采芣苢[1]，薄言采之[2]。采采芣苢，薄言有之[3]。采采芣苢，薄言掇之[4]。采采芣苢，薄言捋之[5]。采采芣苢，薄言袺之[6]。采采芣苢，薄言襭之[7]。

【注释】

①采采：茂盛的样子。芣（fú）苢（yǐ）：植物名，即车前子草。旧注这种草可治难产或不孕症。车前草籽多，正是原始先民对多子多育的祈求。②薄言：助词，无实义。③有：采取，指已采起来，比前一句“采”字又进一层。④掇（duō）：拣择，拾取。⑤捋（luō）：用手把车前子从草茎上抹取下来。⑥袺（jié）：用衣襟兜住。⑦襭（xié）：把衣襟角插在或系在衣带上兜东西。

【译文】

车前草啊采又采，快点把它采些来。车前草啊采又采，快点把它采得来。车前草啊采又采，快点把它拾起来。车前草啊采又采，快点把它捋下来。车前草啊采又采，快点把它装起来。车前草啊采又采，快点把它兜起来。

草 虫

喓喓草虫[1]，趯趯阜螽[2]。未见君子，忧心忡忡[3]。亦既见止，亦既觏止[4]，我心则降[5]。陟彼南山[6]，言采其蕨[7]。未见君子，忧心惙惙[8]。亦既见止，亦既觏止，

我心则说[⑨]。陟彼南山，言采其薇[⑩]。未见君子，我心伤悲。亦既见止，亦既觏止，我心则夷[⑪]。

【注释】

①喓喓（yāo）：象声词，形容草虫的叫声。草虫：此处指蝈蝈。②趯趯（tì）：虫跳跃的样子。阜（fù）螽（zhōng）：蚱蜢。③忡忡：忧虑不安的样子。④觏：通“媾”，结合，特指男女相爱而结合。一说通“遘”，相遇。⑤降（xiáng）：放下，指心情平静下来。⑥陟（zhì）：登上。⑦言：发语词。蕨（jué）：蕨菜，植物名，嫩苗可以吃。一般在仲春采蕨，正是男女求爱的时节。⑧惙惙（chuò）：忧愁的样子。⑨说：通“悦”，高兴。⑩薇（wēi）：指巢菜，草本植物，嫩苗和叶可以吃。⑪夷：平，心安，放心。

【译文】

蝈蝈喓喓鸣叫，蚱蜢蹦蹦跳跳。见不到情郎，忧愁得心神不宁。一旦见到他，一旦与他相会，我的心就放下了。登上南山，采摘山上的蕨菜。见不到情郎，忧愁得心慌意乱。一旦见到他，一旦与他相会，我的心就欢喜舒畅。登上南山，采摘山上的薇菜。见不到情郎，我心中悲伤。一旦见到他，一旦与他相会，我的心就舒坦安详。

行 露

厌浥行露[①]，岂不夙夜[②]？谓行多露[③]。谁谓雀无角[④]，何以穿我屋[⑤]？谁谓女无家[⑥]，何以速我狱[⑦]？虽

速我狱，室家不足[8]！谁谓鼠无牙，何以穿我墉[9]？谁谓女无家，何以速我讼？虽速我讼，亦不女从[10]。

【注释】

①厌浥（yì）：湿漉漉，露水潮湿的样子。行：道路。露：露水。②夙（sù）：与“早”同义。“夙夜”指夜色尚早。③谓：通“畏”，害怕。④谓：说，告诉。角：鸟喙，鸟嘴。⑤穿：啄穿。⑥女：即“汝”，你。⑦速：招致。速我狱：使我吃官司。⑧室家：男有妻为有室，女有夫为有家。室家指男女夫妇，这里是“结婚”的意思。⑨墉（yōng）：墙壁。⑩女从：即“从女”的倒文，顺从你。

【译文】

路上的露水湿漉漉，难道不想早起赶路？只怕路上的露水浓。谁说麻雀没有喙，为什么啄穿我的屋？谁说你没有成家，为什么让我吃官司？虽然让我吃官司，要我嫁你的理由太荒唐！谁说老鼠没有牙，为什么打洞穿我墙？谁说你没有成家，为什么让我吃官司？虽然让我吃官司，我还是不依你！

摽有梅

摽有梅[1]，其实七兮[2]。求我庶士[3]，迨其吉兮[4]。摽有梅，其实三兮[5]。求我庶士，迨其今兮。摽有梅，顷筐塈之[6]。求我庶士，迨其谓之[7]！

【注释】

①摽（biào）：落，掉下，打落。有：语气助词。梅：梅子。②其：代词，指梅树。实：梅树的果实。七：七成，十分之七。③庶：众多。士：未婚男子。④迨（dài）：及，趁着。其：句中语气词，表示希望。吉：吉时，吉日良辰。⑤三：三成，十分之三。⑥顷筐：一种前低后高的箕形浅筐。塈（jì）：拾取。⑦谓：借作“会”，聚会，相会。

【译文】

熟透的梅子落纷纷，树上十成只剩七成。追求我吧年轻人，趁着吉日快来娶。熟透的梅子落纷纷，树上现只剩三成。追求我吧年轻人，趁着今日定婚期。熟透的梅子落纷纷，多得要用筐儿盛。追求我吧年轻人，趁着仲春好相会。

小　星

嘒彼小星①，三五在东②。肃肃宵征③，夙夜在公④，寔命不同⑤。嘒彼小星，维参与昴⑥。肃肃宵征，抱衾与裯⑦，寔命不犹！

【注释】

①嘒（huì）：微光闪烁。②三：指参星由三个星组成（实则七星）。五：指昴星由五个星组成（实则七星）。参与昴离得很近，能同时出现在天空。③肃肃：急匆匆的样子。宵：夜。④夙（sù）：早晨。⑤寔（shí）：确实，实在。⑥维：只有。参（shēn）：

星名，二十八宿之一。昴(mǎo)：星名，二十八宿之一。⑦衾(qīn)：被子。裯(chóu)：床帐。

【译文】

微光闪闪的小星，三三五五在东方。匆匆忙忙赶夜路，昼夜为公不敢停，命运不同徒自伤！微光闪闪的小星，是那参星和昴星。匆匆忙忙赶夜路，抱着铺盖不曾停，我的命运不如人！

野有死麇

野有死麇[①]，白茅包之[②]。有女怀春[③]，吉士诱之[④]。林有朴樕[⑤]，野有死鹿。白茅纯束[⑥]，有女如玉。舒而脱脱兮[⑦]！无感我帨兮[⑧]！无使尨也吠[⑨]！

【注释】

①麇(jūn)：兽名，即獐，似鹿而小，无角。②白茅：植物名，其叶洁白柔滑，古人用它包裹肉等物。③怀春：思春，指情欲萌动。④吉：善、良。⑤朴樕(sù)：一种灌木。⑥纯：包，捆。⑦舒：徐缓，缓慢。脱脱：又轻又慢的样子。⑧感：古同"撼"，振动，摇动。帨(shuì)：佩巾，遮蔽于胸腹之前。《礼记·内则》："女子生，设帨于门右。"可见自古以来，帨巾是女性的象征。⑨尨(máng)：长毛狗。

【译文】

野地里躺着死獐，用白色的茅草包起它。有个姑娘情窦初开，小伙子上前把话挑。森林中，丛丛树，原野上躺着死鹿。用那白茅捆束它，有个姑娘如花似玉。慢点儿，轻点儿啊！不要撩动我的佩巾，不要引得长毛狗叫。

柏　舟

泛彼柏舟①，亦泛其流②。耿耿不寐，如有隐忧。微我无酒③，以敖以游④。我心匪鉴⑤，不可以茹⑥。亦有兄弟，不可以据。薄言往愬⑦，逢彼之怒。我心匪石，不可转也。我心匪席，不可卷也。威仪棣棣⑧，不可选也。忧心悄悄⑨，愠于群小⑩。觏闵既多⑪，受侮不少。静言思之⑫，寤辟有摽⑬。日居月诸⑭，胡迭而微⑮？心之忧矣，如匪浣衣⑯。静言思之，不能奋飞。

【注释】

①泛（fàn）：荡，飘泛。柏舟：柏木造的小船。柏木质地坚实，比喻志坚不移。②亦泛：同“泛泛”，随着流水漂流，含有无所依归的意思。③微：非，不是。④以：用来，借此。敖：同“遨”，遨

游，漫游。⑤匪：不是。鉴：古镜。⑥茹：容纳，包含。⑦薄言：语气助词，无实义。愬(sù)：告诉，诉说。⑧威仪：威严、庄重的仪表举止。棣棣(dì)：雍容典雅、堂堂正正的样子。⑨悄悄：忧愁的样子。⑩愠(yùn)：怨恨，怨怨。群小：众小人。⑪觏：同"遘"，遭遇，碰到。闵(mǐn)：灾难，指中伤陷害的事。⑫言：同"然"，形容词词尾，……的样子。⑬寤：醒，睡不着觉。辟：通"擗"，两手拍胸脯。有：助词。⑭居、诸：助词。⑮胡：为什么。迭：更替。微：昏暗无光。⑯浣(huàn)：洗。

【译文】

漂漂荡荡柏木舟，随着河水到处漂流。忧心焦灼难入睡，心有深深的忧愁。不是无酒来浇愁，四处遨游和漫游。我的心不是镜子，不能任谁都来照。虽然我也有兄弟，但却不能靠依。前去找他们倾诉苦衷，却遭遇他们对我怒气冲冲。我的心不是石头，不可以随意转移。我的心不是席子，不可以随意卷起。仪表庄重而典雅，哪能退让任人欺。忧心忡忡，被一群小人怨恨。遭遇的中伤陷害很多，遇到的侮辱也不少。仔细想起这些，梦醒后不禁捶胸痛苦。太阳啊月亮，为什么轮流昏暗无光？我心中的忧愁，就像没洗的衣裳。仔细想起这些，恨不能高飞展翅翔。

击　鼓

击鼓其镗[1]，踊跃用兵[2]。土国城漕[3]，我独南行。从孙子仲，平陈与宋[4]。不我以归[5]，忧心有忡[6]。爰居

爰处[7]？爰丧其马？于以求之[8]？于林之下。死生契阔[9]，与子成说[10]。执子之手，与子偕老。于嗟阔兮[11]，不我活兮！于嗟洵兮[12]，不我信兮！

【注释】

①其：助词。镗（tāng）：象声词，击鼓声。古代有皮做的鼓，敲鼓的声音为冬冬；有青铜制的鼓，敲的声音为镗镗。②踊跃：操练武术时，进退的样子。兵：刀、枪一类的武器。③土：用成动词，以土修造城。国：首都。城：用成动词，筑城。漕：卫国的地名，在今河南省境内。④平：平定，讨伐。陈、宋：国名，在今河南省境内。⑤不我以归：即“不以我归”。以：即“与”，允许，让。⑥有：助词。有忡：即“忡忡”，心神忧虑不安的样子。⑦爰：疑问代词。于何：在何处。⑧于以：同“于何”，在哪里。⑨契：合。阔：离。死生契阔：死生离合，生离死别。⑩子：此处指作者的妻子。成说：订约，指临别时的誓言。⑪于嗟（jiē）：感叹词。阔：远别遥隔。⑫洵（xún）：久远。

【译文】

战鼓擂得镗镗响，战士们踊跃练刀枪。修建国都建漕城，只有我从军往南方。跟随统帅孙子仲，平定两国陈与宋。不让我回归家园，想家让我忧心忡忡。在哪里居住？在哪里驻扎？在哪里丢失了马？在哪里寻到它？在那树林之下。生死永远不分离，已与你立下誓盟。我会紧紧握着你的手，和你到老在一起。啊！如今天各一方，叫我怎么活！啊！别离时日已久，叫我如何实现诺言！

式　微

式微式微[1]，胡不归[2]？微君之故[3]，胡为乎中露？式微式微，胡不归？微君之躬，胡为乎泥中？

【注释】

①式：发语词。微：天黑。②胡：为什么。③微：非，若非，要不是。君：这里指统治者。

【译文】

天色愈来愈黑，为什么还不回家？若不是为主子的事，怎么会身沾露水？天色愈来愈黑，为什么还不回家？若不是为了主子的贵体，怎么会在泥水中受苦？

静　女

静女其姝[1]，俟我于城隅[2]。爱而不见[3]，搔首踟蹰[4]。静女其娈[5]，贻我彤管[6]。彤管有炜[7]，说怿女美[8]。自牧归荑[9]，洵美且异[10]。匪女之为美，美人之贻。

【注释】

①静女：同“淑女”，文静娴雅的女子。姝(shū)：美丽，美好。②俟(sì)：等候，等待。隅(yú)：角落。③爱：躲藏，隐藏。④搔首：用手挠头。踟(chí)蹰(chú)：来回走动，走来走去。⑤娈(luán)：美丽，漂亮。⑥贻(yí)：赠送。彤(tóng)：红色。彤管：象征一片赤心和火样的热情。⑦有：助词。炜：红

色鲜明，有光泽的样子。⑧说：同“悦”。怿(yì)：喜。说怿：喜爱。女：同“汝”，你。⑨牧：牧场，郊外。归(kuì)：通“馈”，赠送。荑(tí)：草名，白茅。古代常以白茅来象征婚媾。以白茅相赠，是一种求爱的表示。⑩洵：确实，真的。异：奇异。

【译文】

文静的姑娘多么美丽，约我等候在城门角。故意藏起来不让我看见，急得我挠头又徘徊。文静的姑娘多么漂亮，送给我一个红管。红管亮闪闪，我真喜欢它的美丽。从郊外回来送给我白茅，白茅实在美得出奇。并不是茅草有多好看，只因为是美人送的。

桑中

爰采唐矣[1]？沬之乡矣[2]。云谁之思[3]？美孟姜矣[4]。期我乎桑中[5]，要我乎上宫[6]，送我乎淇之上矣[7]。爰采麦矣？沬之北矣。云谁之思？美孟弋矣[8]。期我乎桑中，要我乎上宫，送我乎淇之上矣。爰采葑矣[9]？沬之东矣。云谁之思？美孟庸矣[10]。期我乎桑中，要我乎上宫，送我乎淇之上矣。

【注释】

①爰：何处，哪里。唐：植物名，即菟丝，一种蔓生植物。②沬(mèi)：卫国城邑名。③云：助词。谁之思：即“思谁”。“之”为代词。④孟：排行第一。姜：姓。⑤期：约会。⑥要：

同“邀”，邀请。上宫：楼。⑦淇：卫国水名。⑧弋：即“姒”，也是姓氏。⑨葑（fēng）：野菜名，即芜菁，芥菜。⑩庸：姓氏。

【译文】

到哪里采摘菟丝？在那沫邑的郊野。心中把谁思念？是那美丽的姜家的女儿。约我在桑林中相会，邀我相会在上宫，又送我到淇水边。到哪里采摘麦子？在那沫邑的北边。心中把谁思念？是那美丽的弋家的女儿。约我在桑林中相会，邀我相会在上宫，又送我到淇水边。到哪里采摘芜菁？在那沫邑的东边。心中把谁思念？是那美丽的庸家的女儿。约我在桑林中相会，邀我相会在上宫，又送我到淇水边。

相　鼠

相鼠有皮[①]，人而无仪。人而无仪，不死何为？相鼠有齿，人而无止[②]。人而无止，不死何俟[③]？相鼠有体，人而无礼！人而无礼，胡不遄死[④]！

【注释】

①相（xiàng）：看，瞧。②止：容止。言行适当，有所节制。

或借作“耻”。③俟：等待。④遄（chuán）：速，快，立即。

【译文】

看那老鼠都有皮，人却不懂礼仪。人既不懂礼仪，活着还有什么意义？看那老鼠都有牙齿，人却不知廉耻。人既不懂廉耻，不死还待何时？看那老鼠都有肢体，人却不懂守礼。人既不懂守礼，为什么还不赶快死？

考 槃

考槃在涧①，硕人之宽。独寐寤言②，永矢弗谖③！考槃在阿④，硕人之薖⑤。独寐寤歌，永矢弗过！考槃在陆⑥，硕人之轴⑦。独寐寤宿，永矢弗告！

【注释】

①考：敲，敲击。槃（pán）：即“盘”，盘子，指一种木制的盘子。古人唱歌时敲盘伴奏。涧：山谷中的水流。②寐：睡。寤：醒。③矢：通“誓”，发誓。谖（xuān）：忘记。④阿（ē）：山坳。⑤薖（kē）：宽大，豁达。⑥陆：山间平地。⑦轴：徘徊，来回走。

【译文】

架起木屋溪谷旁，贤人觉得很广阔。一个人醒后自言自语，这种乐趣誓不忘记！架起木屋在山坡，贤人当它安乐窝。一个人醒后独自咏歌，誓不与世俗之人交往！架起木屋在高原，贤人徜徉真悠闲。独醒独睡独自躺，此中乐趣不能言！

氓

氓之蚩蚩[1]，抱布贸丝[2]。匪来贸丝[3]，来即我谋[4]。送子涉淇，至于顿丘[5]。匪我愆期[6]，子无良媒。将子无怒，秋以为期。乘彼垝垣[7]，以望复关[8]。不见复关[9]，泣涕涟涟。既见复关，载笑载言[10]。尔卜尔筮，体无咎言[11]。以尔车来，以我贿迁[12]。桑之未落，其叶沃若[13]。于嗟鸠兮[14]，无食桑葚[15]。于嗟女兮，无与士耽[16]！士之耽兮，犹可说也[17]；女之耽兮，不可说也！桑之落矣，其黄而陨。自我徂尔[18]，三岁食贫[19]。淇水汤汤[20]，渐车帷裳[21]。女也不爽，士贰其行[22]。士也罔极[23]，二三其德[24]！三岁为妇，靡室劳矣[25]。夙兴夜寐[26]，靡有朝矣[27]。言既遂矣，至于暴矣。兄弟不知，咥其笑矣[28]。静言思之，躬自悼矣。及尔偕老，老使我怨。淇则有岸，隰则有泮[29]。总角之宴[30]，言笑晏晏[31]。信誓旦旦[32]，不思其反[33]。反是不思[34]，亦已焉哉[35]！

【注释】

①氓（méng）：民，人。诗中男子的代称。蚩蚩（chī）：憨厚的样子。或同“嗤嗤”，笑嘻嘻的样子。②布：古货币名。贸：买，交易。一说“布”作“布匹”。以布匹换取丝，是以物换物。③匪：同“非”，不是。④即：就。即我：接近我，靠近我。谋：商量（婚事）。⑤顿丘：卫国地名，今河南清丰西南。⑥愆（qiān）：拖延，耽误。愆期：约期而失信。⑦乘：登上。垝

(guǐ)：毁坏，倒塌。垣(yuán)：墙。⑧复关：地名，氓所居住的地方。⑨复关：此代指氓。⑩载：语气助词。载笑载言：又说又笑。⑪体：卦象，即卜筮的结果。咎言：凶辞，不吉利的话。⑫贿：财物，指嫁妆。⑬其：代词，代指桑。沃若：润泽、茂盛的样子。⑭鸠：斑鸠，传说它吃多了桑果就会迷醉。⑮桑葚(shèn)：桑果。⑯士：男子。耽(dān)：迷恋，沉湎。⑰说：通"脱"，解脱，摆脱。⑱徂(cú)：往，到。徂尔：嫁给你。⑲三岁：多年，非确数。食贫：过受穷吃苦的生活。⑳汤汤(shāng)：水势很大的样子。㉑渐：浸湿。帷裳：车上的帷帐。写女子被弃后，渡淇水回去的情形。㉒爽：过错。贰：有二心，不专一。㉓罔：无。极：准则。罔极：没有准则，行为不端。㉔二三其德：三心二意。㉕靡：不，没有。室：家中。劳：家务辛苦。㉖夙：早，指黎明前。兴：起，起床。㉗靡有朝：不止一天，天天如此。㉘咥(xì)：嘻笑的样子，带有讥讽的意味。㉙隰(xí)：低湿的地方。泮(pàn)：岸边。㉚总角：古人未成年时将头发束成丫状角髻。宴：欢乐。㉛晏晏：相处和悦融洽的样子。㉜信誓：诚挚的誓言。旦旦：诚恳、忠实的样子。㉝反：变心，背叛。㉞是：这，指信誓。㉟已：止，罢了。焉哉：双重感叹词，表示感叹不已的语气，显示出女子的决绝。

【译文】

农家小伙笑嘻嘻，抱着布来换我的蚕丝。不是有心换丝，借机找我商量婚事。送他过淇水，送到顿丘才告辞。不是我拖延婚期，是你没有找个好媒人。请你不要生我气，约定秋天作为婚期。登上那破败的墙垣，眺望我思念的复关。不见我的复关，伤心泪儿涟涟。见到我的复关，又笑又说心欢畅。你去占卦问卜，卦象没有不吉的话。驾着你的车来，搬迁我的嫁妆。桑树叶儿未落，桑叶又嫩又润。唉，斑鸠，别贪吃那桑葚。唉，女人，不可与男人迷恋。男人迷恋，还可以解脱。女人迷恋，就无法自拔。桑树叶儿落下，枯黄憔悴任飘零。自从我嫁到你家，多年来吃苦受穷。淇河水奔流荡荡，浸湿了车上的帷帐。我做妻子并没有过错，男人你却反复无常。男人变化无常性，三心二意坏德行。做你妻子多年，家务辛劳没有什么不干。早起晚睡，天天如此，干也干不完。家业有成已安定，就变得粗暴无礼。兄弟们不知真相，嘻嘻讥笑再加嘲讪。静静细想，独自伤心悲叹。曾经发誓，与你白头到老，这样的偕老使我怨恨。淇水虽宽有堤岸，沼泽虽阔有边涯。回想年少未嫁时，你说我笑温雅无间。誓言说得响亮，却不料如今翻脸变冤家。违背的誓言不愿再想，从今与你一刀两断！

河　广

谁谓河广？一苇杭之①。谁谓宋远？跂予望之②。谁谓河广？曾不容刀③。谁谓宋远？曾不崇朝④。

【注释】

①杭：即航，渡。一苇杭之：形容两地极近，此处为夸张手法。②跂(qì)：翘起脚跟。予：而。③曾(zēng)：乃，竟。刀：通“舠”，小船。④崇朝(zhāo)：指从天亮到吃早饭之间的一段时间，喻时间短暂。

【译文】

谁说河面太宽广？一片苇叶就能渡岸。谁说宋国太遥远？踮起脚尖我就能望见。谁说河面太宽广？却容不下一条小船。谁说宋国太遥远？不需一个早上就能到对岸。

君子于役

君子于役①，不知其期②。曷至哉③？鸡栖于埘④，日之夕矣，羊牛下来。君子于役⑤，如之何勿思⑥！君子于役，不日不月⑦。曷其有佸⑧？鸡栖于桀⑨，日之夕矣，羊牛下括。君子于役，苟无饥渴？

【注释】

①君子：古代妻子对丈夫的敬称。于：去，往。役：古代徭役。②期：服役的期限。③曷（hé）：何，何时。④埘（shí）：在墙上挖洞或砌泥筑成的鸡窝。⑤指傍晚时分“鸡栖于埘”、“羊牛下来”尚有定时，而服役的人却没有归期。⑥如之何：怎么。

⑦不日不月：没有定期。⑧有（yòu）：又，重新。佸（huó）：相会，团聚。⑨桀（jié）：亦作“榤”，指木桩，或以木桩支架起来的鸡棚。

【译文】

丈夫去服役，不知道他的归期。他什么时候才能回来？鸡儿回窝，太阳也要落西山，羊牛都下了山坡。丈夫去服役，叫我怎能不苦苦思念？丈夫去服役，没日没月，何时才能相聚？鸡儿回窝，太阳也要落西山，羊牛都下了山坡。丈夫去服役，会否受到饥渴折磨？

葛藟

绵绵葛藟[①]，在河之浒[②]。终远兄弟[③]，谓他人父[④]。谓他人父，亦莫我顾[⑤]。绵绵葛藟，在河之涘[⑥]。终远兄弟，谓他人母。谓他人母，亦莫我有[⑦]。绵绵葛藟，在河之漘[⑧]。终远兄弟，谓他人昆[⑨]。谓他人昆，亦莫我闻[⑩]。

【注释】

①绵绵：蔓延不绝的样子。葛藟（lěi）：两者都是蔓生植物。②浒（hǔ）：水边。③终：既，在……之后。远：弃，离。④谓：称，呼。⑤亦：也。莫我顾：即“莫顾我”。顾：关心，照顾。⑥涘（sì）：水边。⑦有：通“友”，相亲，亲爱。⑧漘（chún）：水边。⑨昆：兄，哥哥。⑩闻：通“问”，慰问。

【译文】

长长的葛藟，蔓延在河岸边。远离兄弟亲人，叫别人为父。叫别人为父，别人也不将我照顾。

长长的葛藟，蔓延在河岸上。远离兄弟亲人，叫别人为母。叫别人为母，别人也不对我亲近。

长长的葛藟，蔓延在河岸旁。远离兄弟亲人，叫别人哥哥。叫别人哥哥，别人也不将我抚恤。

采 葛

彼采葛兮[①]，一日不见，如三月兮！彼采萧兮[②]，一日不见，如三秋兮！彼采艾兮[③]，一日不见，如三岁兮！

【注释】

①葛：植物名。其纤维可以织布，块根可以吃。②萧：植物名。一种蒿子，有香气，古人用它来祭礼。③艾：植物名，烧艾叶可以治病。

【译文】

那采葛的姑娘，一天不见，像隔了三月不相见！那采萧的姑娘，一天不见，像隔了三季不相见！那采艾的姑娘，一天不见，像隔了三年不相见！

风　雨

风雨凄凄[1]，鸡鸣喈喈[2]。既见君子[3]，云胡不夷[4]？风雨潇潇[5]，鸡鸣胶胶[6]。既见君子，云胡不瘳[7]！风雨如晦[8]，鸡鸣不已[9]。既见君子，云胡不喜！

【注释】

①凄凄：寒凉，阴冷。②喈喈：鸡叫的声音。③既：终于。④云胡：为何，为什么。夷：平静。⑤潇潇（xiāo）：风雨急骤的样子。⑥胶胶：鸡叫的声音。⑦瘳（chōu）：病愈。⑧晦（huì）：昏暗。⑨已：停止。

【译文】

风雨交加阴又冷，鸡鸣喈喈报五更。丈夫已经回家来，心情为何不平静？疾风骤雨冷潇潇，鸡叫咯咯报天明。丈夫已经回家来，心病为何不痊愈？凄风冷雨天地昏，雄鸡报晓不停歇。丈夫已经回家来，心中为何不高兴？

扬之水

扬之水[1]，不流束楚[2]。终鲜兄弟[3]，维予与女[4]。无信人之言，人实迋女[5]。扬之水，不流束薪。终鲜兄弟，维予二人。无信人之言，人实不信。

【注释】

①扬：悠扬，水流缓慢的样子。②不流：浮不起，漂不起。束：捆。楚：一种灌木，即荆条。③终：既，已。鲜：少。④维：只有。⑤迋(kuáng)：通“诳”，欺骗。

【译文】

缓缓流淌的河水，漂不起一捆荆条。兄弟稀少，只有你我结同心。不要轻信别人话，别人确实是在骗你。缓缓流淌的河水，浮不动一捆柴草。兄弟稀少，只有你我结同心。不要轻信别人话，别人确实是不可信。

野有蔓草

野有蔓草，零露漙兮[1]。有美一人，清扬婉兮[2]。邂逅相遇，适我愿兮。野有蔓草，零露瀼瀼[3]。有美一人，婉如清扬[4]。邂逅相遇，与子偕臧[5]。

【注释】

①零：落。露：露水。漙(tuán)：露水多的样子。②清扬：形容眉清目秀。婉：美好柔媚的样子。③瀼瀼(ráng)：露水大的

样子。④如：而。⑤偕：一起。臧：善，美。一说通“藏”，指藏到幽僻的地方。

【译文】

蔓草青青，长在旷野里。晶莹剔透，露珠滴滴。美丽姑娘，眉清目秀，温柔多情。偶于路上巧相遇，情意相投合我愿。蔓草青青，长在旷野里。晶莹剔透，露珠串串。美丽姑娘，眉清目秀，温柔多情。不期而会巧相遇，情投意合两心欢。

蟋　蟀

蟋蟀在堂，岁聿其莫[1]。今我不乐，日月其除。无已大康[2]，职思其居[3]。好乐无荒，良士瞿瞿[4]。蟋蟀在堂，岁聿其逝。今我不乐，日月其迈[5]。无已大康，职思其外[6]。好乐无荒，良士蹶蹶[7]。蟋蟀在堂，役车其休。今我不乐，日月其慆[8]。无已大康，职思其忧。好乐无荒，良士休休[9]。

【注释】

①聿：助词，无实义。莫：同“暮”，晚，将尽。②已：太，甚。大：同“太”，过分。康：安康，逸乐。③职：应当。其居：担任的职位，所处的地位。④良：贤。瞿瞿：小心谨慎的样子。⑤迈：去，（时光）消逝。⑥外：职务以外的事。⑦蹶蹶：勤奋敏捷的样子。⑧慆（tāo）：逝去，过去。⑨休休：快乐而有节制

的样子。

【译文】

蟋蟀在堂屋鸣叫，一年又到尽头。今天不及时行乐，光阴一去再不还。过度安乐也不好，还要想想所担的职责。喜欢行乐但不荒淫无度，贤人应该常保持警醒。蟋蟀在堂屋鸣叫，一年又将过去。今天不及时行乐，光阴一去再不还。过度安乐也不好，还要想想职守以外的事。喜欢行乐但不荒淫无度，贤人勤奋又灵敏。蟋蟀在堂屋鸣叫，出差的车儿将回来。今天不及时行乐，光阴一去再不还。过度安乐也不好，还要想想忧心的事。喜欢行乐但不荒淫无度，贤人安详又舒心。

山有枢

山有枢①，隰有榆②。子有衣裳，弗曳弗娄③。子有车马，弗驰弗驱④。宛其死矣⑤，他人是愉⑥。山有栲⑦，隰有杻⑧。子有廷内⑨，弗洒弗埽。子有钟鼓，弗鼓弗考⑩。宛其死矣，他人是保⑪！山有漆，隰有栗。子有酒食，何不日鼓瑟！且以喜乐⑫，且以永日⑬。宛其死矣，他人入室！

【注释】

①枢：树名，又名刺榆，一种有刺的榆树。②隰（xí）：低湿的地方。③曳：拉，拖。娄：通“搂”，撩，扯。曳、娄都是穿衣的动作，这里指穿。弗：不。④驰：让马快跑。驱：用鞭子打

马。驰、驱都是乘车的事。⑤宛：枯萎，死的样子。⑥他人是愉：即“愉他人”。是：代词，复指前置宾语。愉：使动用法，使……享乐，愉快。⑦栲（kǎo）：树名，即臭椿。⑧杻（niǔ）：梓一类的树。⑨廷：通“庭”，庭院。内：指房屋。⑩考：敲击。⑪保：占有。⑫且：姑且。⑬永日：延长岁月。

【译文】

刺榆长在山上，榆树生在低洼。你有衣裳，不穿不用。你有车马，不驱不驰。等你枯萎死去，别人享受喜洋洋。臭椿长在山上，杻树生在低洼。你有厅堂，不扫不洒。你有钟鼓，不敲不打。等你枯萎死去，别人占有坐享其成。漆树长在山上，栗树生在低洼。你有美酒佳肴，何不日日鼓瑟吹箫？姑且用它来寻乐，姑且用它度时光。等你枯萎死去，别人住进你的家。

衡 门

衡门之下[①]，可以栖迟[②]。泌之洋洋[③]，可以乐饥[④]。岂其食鱼[⑤]，必河之鲂[⑥]？岂其取妻[⑦]，必齐之姜[⑧]？岂其食鱼，必河之鲤？岂其取妻，必宋之子[⑨]？

【注释】

①衡：通“横”，此处指横木。②可：可以。以：以此，用它来。栖迟：栖息、安息。③泌（bì）：泉水名。洋洋：水盛的样子。④乐：通“疗”，治疗。⑤岂：难道。其：句中语气词，表推测。⑥鲂（fáng）：鱼名，形状似鳊鱼，银灰色，味鲜美。⑦取：通“娶”。⑧姜：姜姓姑娘，姜姓在齐国为贵族。⑨子：宋国的子姓女子。子姓为宋国的贵族。

【译文】

横木门的下面，可以栖息。泌泉洋洋流淌，清水也能充饥肠。难道吃鱼，一定要吃黄河的鲂鱼？难道娶妻，一定要娶齐国的姜姓女子？难道吃鱼，一定要吃黄河的鲤鱼？难道娶妻，一定要娶宋国的齐姓女子？

匪 风

匪风发兮[①]，匪车偈兮[②]。顾瞻周道[③]，中心怛兮[④]。匪风飘兮[⑤]，匪车嘌兮[⑥]。顾瞻周道，中心吊兮[⑦]。谁能亨鱼[⑧]？溉之釜鬵[⑨]。谁将西归？怀之好音[⑩]。

【注释】

①匪：通“彼”，那。发：犹“发发”，象声词，风声。②偈（jié）：犹“偈偈”，车疾驰的样子。③顾：回头。瞻：看，望。周道：大路，大道。④怛（dá）：悲伤，忧伤。⑤飘：飘风，本指旋风，这里是形容风势疾猛。⑥嘌（piāo）：疾驰的样子。⑦吊：悲伤。⑧亨：古“烹”字。⑨溉：洗涤。釜（fǔ）：锅。鬵（xún）：大釜，大锅。⑩怀之：使之怀，让他带。好音：好信儿，平安的消息。

【译文】

风儿刮得发发响，车子跑得飞一样。回头望着大路，我心中充满忧愁。风儿刮得打旋转，车子轻快地飞跑。回头望着大路，我心中充满伤悲。谁能烹鱼做菜？我为他把锅洗干净。谁要回归西方？请帮我捎个平安信。

东山

我徂东山[1]，慆慆不归[2]。我来自东[3]，零雨其濛[4]。我东曰归[5]，我心西悲[6]。制彼裳衣[7]，勿士行枚[8]。蜎蜎者蠋[9]，烝在桑野[10]。敦彼独宿[11]，亦在车下。我徂东山，慆慆不归。我来自东，零雨其濛。果蠃之实[12]，亦施于宇[13]。伊威在室[14]，蟏蛸在户[15]。町畽鹿场[16]，熠耀宵行[17]。不可畏也，伊可怀也[18]！我徂东山，慆慆不归。我来自东，零雨其濛。鹳鸣于垤[19]，妇叹于室。

洒扫穹室[20]，我征聿至[21]。有敦瓜苦[22]，烝在栗薪[23]。自我不见，于今三年。我徂东山，慆慆不归。我来自东，零雨其濛。仓庚于飞[24]，熠耀其羽。之子于归，皇驳其马[25]。亲结其缡[26]，九十其仪[27]。其新孔嘉[28]，其旧如之何[29]？

【注释】

①徂（cú）：往，到。东山：山名，在今山东曲阜附近，亦即蒙山。②慆慆（tāo）：悠久，时间长。③来：回来，归来。自：从。④零雨：小雨。濛：细雨绵绵的样子。⑤东：在东边。曰归：听说要回家。⑥西悲：为思念西方的故乡而伤悲。⑦制：缝制。裳衣：衣服。这里指与军服不同的便服。⑧勿：不要，不用。士：通“事”，从事。行：同“横”。枚：用木片或竹枝做的筷子大小一样的东西，两端有带，可系颈上。古代军队夜行作战，士兵和战马口中衔枚，以免发出声响而暴露目标。⑨蜎蜎（yuān）：软体虫子爬行蠕动的样子。蠋（shú）：昆虫名，色青，多生桑树上，故又名桑蚕或野蚕。⑩烝（zhēng）：久，留。⑪敦：形容身体蜷缩一团的样子。⑫果臝（luǒ）：植物名，蔓生，似黄瓜。⑬施（yì）：蔓延。宇：屋檐。⑭伊威：昆虫名。俗称土鳖，扁圆多足，生长在潮湿的地方。⑮蟏（xiāo）蛸（shāo）：一种长脚的小蜘蛛，又名喜蛛。传说这种蜘蛛爬在人身上，是亲人将至的喜兆。⑯町（tǐng）畽（tuǎn）：田舍旁边的空地。鹿场：成了野鹿践踏出没的场地，指田园荒芜。⑰熠（yì）耀（yào）：闪闪发亮。宵行（háng）：萤火虫。⑱伊：这是。怀：怀念。⑲鹳（guàn）：水鸟名，形似鹤，又似鹭，捕

食鱼虾。垤(dié)：小土堆。⑳穹(qióng)窒(zhì)：即“窒穹”。窒：堵塞。穹：空洞，缝隙。这是作者想象妻子的心理活动。㉑征：征人。聿(yù)：语气助词，含有“将要”的意思。㉒有敦：即“敦敦”，团团，堆堆。瓜苦：即苦瓜，瓠瓜。古时婚礼，将切开的瓠瓜给新郎新娘各持一半，盛酒漱口，行合卺之礼。㉓烝：句首语气词。栗：聚合之义。薪：柴杆。栗薪：即束薪。古时婚礼，将一束柴薪放置洞房内，象征永结同心，共同生活。㉔仓庚：黄莺。于：在。㉕皇：黄白色相杂。驳：红白色相杂。指马的毛色。马：指陪嫁的马。㉖亲：指妻子的母亲。缡(lí)：佩巾。古代婚俗，母亲亲自替出嫁的女儿系结佩巾，称为“结缡”。㉗九十：虚数，非确指。㉘新：新婚。孔：很，非常。嘉：美满，美好。㉙旧：婚后分别三年，所以称“旧”。

【译文】

我出征到了东山，长年累月不能回家。今天我从东方回，正逢细雨濛濛倍凄凉。我在东边听说要回，西望家乡心里悲伤。缝制一套平时装，不再衔枚上战场。弯弯成团的桑虫，潜伏在桑林野外。那独睡的战士缩成团，钻在兵车下面权当床。我出征到了东山，长年累月不能回家。今天我从东方回，正逢细雨濛濛倍凄凉。瓜蒌的果实，爬满了屋檐。土鳖伏在屋角，喜蛛在室内游转。野鹿出没在房前屋后，流萤闪闪飞来飞去。家园虽荒不可怕，它是那么令人深深怀念！我出征到了东山，长年累月不能回家。今天我从东方回，正逢细雨濛濛倍凄凉。鹳鹤在山上哀鸣，妻子在屋里悲叹。洒扫庭院，修整房屋，盼我征人早还乡。苦瓜团团，放在柴堆上。久久不相见，眨眼就是三年。我出征到了东山，长年累月不能回家。今天我从东方回，正逢细雨濛濛倍凄凉。还记得黄莺快乐地飞翔，它的羽毛闪闪耀眼。这个女子出嫁，黄白的花马去迎娶。母亲为她系佩巾，繁多的礼仪一项项。那新婚生活真美满，久别重逢会如何？

四　牡

四牡騑騑①，周道倭迟②。岂不怀归？王事靡盬③，我心伤悲。四牡騑騑，啴啴骆马④。岂不怀归？王事靡盬，不遑启处⑤。翩翩者鵻⑥，载飞载下⑦，集于苞栩⑧。王事靡盬，不遑将父⑨。翩翩者鵻，载飞载止，集于苞杞⑩。王事靡盬，不遑将母。驾彼四骆，载骤骎骎⑪。岂不怀归？是用作歌⑫，将母来谂⑬。

【注释】

①四牡（mǔ）：四匹公马。騑騑（fēi）：马疾驰的样子。②周道：大路。倭迟：逶迤，指道路迂回漫长。③靡（mǐ）：无。盬（gǔ）：止息。④啴啴（tān）：喘息的样子。骆马：长着黑鬃的白马。⑤遑（huáng）：暇，顾。启处：安居休息。⑥鵻（zhuī）：斑鸠。⑦下：降落。⑧苞：丛生茂盛的草木。栩（xǔ）：柞栎，即橡树。⑨将：奉养、赡养。⑩杞（qǐ）：枸杞。⑪骤（zhòu）：奔驰，疾驰。骎骎（qīn）：奔驰之状。⑫是：此，这。用：因，以。是用

作歌：用是作歌，因此作歌。⑬谂（shěn）：思念，想念。

【译文】

四匹骏马奔啊奔，大路迢迢大路弯。我难道不想回故乡吗？官家的差使无休止，我心悲愁我心伤！四匹骏马奔啊奔，黑鬃白马喘吁吁。我难道不想回故乡吗？官家的差使无尽头，不知何时方能歇一歇。斑鸠鸟儿翩翩飞，飞上去，飞下来，群栖在繁茂的栎树上。官家的差使无休止，哪有空儿奉养老父亲啊！斑鸠鸟儿翩翩飞，飞过去，停下来，群栖在繁茂的栎树上。官家的差使无尽头，哪有空儿奉养老母亲啊！驾起那四匹黑鬃白马，疾驰如风奔向前方。我难道不想回家乡吗？为此作支歌儿来抒怀，母亲啊，我多么想念您。

伐　木

伐木丁丁①，鸟鸣嘤嘤②。出自幽谷③，迁于乔木④。嘤其鸣矣，求其友声。相彼鸟矣⑤，犹求友声。矧伊人矣⑥，不求友生？神之听之⑦，终和且平。伐木许许⑧，釃酒有芎⑨。既有肥羜⑩，以速诸父⑪。宁适不来⑫，微我弗顾⑬。於粲洒扫⑭，陈馈八簋⑮。既有肥牡⑯，以速诸舅。宁适不来，微我有咎⑰。伐木于阪⑱，釃酒有衍⑲。笾豆有践⑳，兄弟无远㉑。民之失德㉒，乾糇以愆㉓。有酒湑我㉔，无酒酤我㉕。坎坎鼓我㉖，蹲蹲舞我㉗。迨我暇矣㉘，饮此湑矣！

【注释】

①丁丁：伐木声。②嘤嘤：鸟鸣声。③幽谷：深谷。④乔木：高大的树。⑤相：视、看。⑥矧（shěn）：况且。⑦神之听之：马瑞辰《通释》："《释诂》：'神，慎也。''慎，诚也。''神之'即'慎之'也。《广雅》：'听，从也。''听之'，谓能听从其言也。"⑧许许：象声词。朱熹《集传》："众人共力之声。"⑨酾：古人酿酒用筐沥除酒糟曰酾，后人称为"筛酒"。莤（xù）：《毛传》："美貌。"王先谦《集疏》："'有莤'犹'莤莤'也。经文凡叠句双字者，或变文作'有'，如此'有莤'及'庶士有朅'之类甚多。"⑩羜（zhù）：《毛传》："未成羊也。"⑪速：《郑笺》："召也。"即邀请。诸父：《毛传》："天子谓同姓诸侯、诸侯谓同姓大夫皆曰父，异性则称舅。"⑫宁适：于省吾《新证》："按适、敌古通，《尔雅·释诂》：'敌，当也。''宁适不来'，言宁当不来也。"⑬微：非。顾：惦念。⑭於：叹词。粲：鲜明貌。⑮簋（guǐ）：食器。⑯牡：公牛。⑰咎：过错。⑱阪（bǎn）：山坡。⑲衍：盈溢。⑳践：陈列貌。㉑无远：同在。㉒失德：即"失

和"。㉓糇（hóu）：《说文》："乾餱食也。""乾"即今所谓干粮，在此泛指食物。以：因而。愆（qiān）：过错，此处可引申为怨恨。㉔湑（xǔ）：与"釃"同义。㉕酤：买。㉖坎坎：击鼓声。我：闻一多《歌与诗》认为，实即"哦"之类的语气词。㉗蹲蹲：《毛传》："舞貌。"㉘迨：《郑笺》："及也。"

【译文】

咚咚作响伐木声，嘤嘤群鸟相和鸣。鸟儿本从深谷出，飞往高高大树上。小鸟嘤嘤啼不住，只是为了求知音。仔细端详那小鸟，尚且求友欲相亲。何况我们这些人，岂能不知重友情？天上神灵请聆听，赐我和乐与宁静。伐木呼呼斧声急，滤出美酒喷喷香。既有肥美羊羔在，请来叔伯叙情谊。即使他们没能来，不能说我缺诚意。屋里扫得真清爽，佳肴八盘桌上齐。既有肥美公羊肉，请我舅亲来尝尝。即使他们没能来，不能说我有过失。伐木就在山坡边，滤酒清清快斟满。盘儿碗儿排整齐，兄弟叙谈莫疏远。人们为啥失友情，饭菜不周致埋怨。有酒滤清让我饮，没酒快买我兴酣。敲起鼓儿咚咚声，扬起长袖翩翩舞。趁着今朝有闲暇，一定再把酒喝完。

小　旻

旻天疾威，敷于下土[①]。谋犹回遹[②]，何日斯沮[③]？谋臧不从，不臧覆用。我视谋犹，亦孔之邛[④]！潝潝訿訿[⑤]，亦孔之哀。谋之其臧，则具是违[⑥]；谋之不臧，

则具是依。我视谋犹，伊于胡底[7]？我龟既厌[8]，不我告犹。谋夫孔多，是用不集[9]。发言盈庭，谁敢执其咎[10]？如匪行迈谋，是用不得于道。哀哉为犹，匪先民是程[11]，匪大犹是经[12]。维迩言是听[13]，维迩言是争[14]。如彼筑室于道谋，是用不溃于成[15]！国虽靡止[16]，或圣或否。民虽靡膴[17]，或哲或谋，或肃或艾[18]。如彼泉流，无沦胥以败。不敢暴虎[19]，不敢冯河[20]。人知其一，莫知其他。战战兢兢，如临深渊，如履薄冰[21]。

【注释】

①旻（mín）：天。敷：散布。下土：指人间。②谋犹：谋略、政策。回遹（yù）：邪僻。③沮：终止。④邛（qióng）：病，坏。⑤潝潝：相和也。訿訿（zǐ）：相诋也，即攻击、毁谤。⑥具：通

“俱”。违：违背，不从。⑦于：往。底：至。⑧龟：龟甲，古人用于占卜。⑨集：成就。⑩咎：罪过，罪责。⑪程：效法。⑫大犹：大道，基本规律。经：行，遵循。⑬迩言：浅近邪僻之言。⑭争：这里指谗臣为私利而争进迩言。⑮溃：顺利，达到。⑯止：至，大。⑰朊（wǔ）：厚，多。⑱艾：治理。⑲暴（bó）：通“搏”，徒手空拳。⑳冯（píng）：无舟渡水，徒涉。㉑履：踩踏。

【译文】

老天狂暴真残酷，降下灾祸遍及全国。政策邪僻全错误，什么时候灾荒才能结束？好的策略不听从，坏的反受重用。所用谋略依我看，弊病太多难执行。随声附和和诽谤，小人当权实可悲。国家政策虽然定得好，但是实行起来全都违背。政策中的错误，全部都照办了。我看政策问题多，究竟何处是依据？我占卜用的龟甲都已厌恶了，占不出谋略的吉凶。出谋划策人很多，议论纷纷难作数。满院都是发言者，谁人敢承担责任？好像有事问路人，很难得到正确的方法。制定政策很可悲，不是效法祖先。治国的远大谋略不实行，只爱听肤浅浅薄的话，还要争论是与非。好像盖房子问路人，人多嘴杂建不成。尽管国家不大，有人聪明有人平庸。人民虽然数量不多，有的明智计谋多，有的严肃能治国。朝政应该像泉水流，不要陷入污浊。不敢空手打虎，不敢徒步过河。人们知道这一条，不知道其他更危险的事。一定要小心谨慎多提防，就像走近那深渊旁，就好像踩在薄冰上。

玄 鸟

天命玄鸟[1]，降而生商，宅殷土芒芒[2]。古帝命武汤[3]，正域彼四方[4]。方命厥后[5]，奄有九有[6]。商之先后，受命不殆[7]，在武丁孙子。武丁孙子，武王靡无胜。龙旂十乘[8]，大糦是承[9]。邦畿千里[10]，维民所止[11]，肇域彼四海[12]。四海来假[13]，来假祁祁[14]。景员维河[15]。殷受命咸宜，百禄是何[16]！

【注释】

①玄鸟：燕子。②宅：居。芒芒：广大。③古帝：指天帝。④正：治理。域：封疆。⑤方：古通“旁”，广，普遍。⑥奄有：尽有。九有：即九州。⑦殆：通“怠”，懈怠。⑧十乘：此指兵车十辆。⑨糦：指酒食，祭祀用的供品。⑩邦畿：指封畿。⑪止：居住。⑫肇：开始。⑬假：至，来朝。⑭祁祁：众多貌。⑮景：大。员：周围。维：围绕。⑯何：通“荷”，承受。

【译文】

上天命令神燕，降生下了契来做商王，住在殷这块广大的土地之上。古时候天帝命成汤治理天下，征服四方。遍告天下诸侯，商朝全部拥有九州之广。商的先王接受了天命勤政不怠，武丁子孙继承大业保兴旺。成汤更是好君主，十辆马车龙旗扬，酒食丰盛祭先祖。上千里辽阔的国土啊，是人民安居乐业的好地方。封疆达四海，四海诸侯络绎不绝朝见忙。高高的山原萦绕着黄河，殷商受之于天命万事吉祥，繁荣富强永无疆。

楚　辞

楚辞的本义是指战国时期“书楚语，作楚声，纪楚物”的楚地歌词。“楚辞”这一诗体产生于战国时代末期，由屈原开创。当时，在江汉流域的楚国山川秀丽，物产丰富，巫风盛行；中原地区百家争鸣，散文流行，传统的和具有时代特色的文化相互交融发展，这一切都为楚辞的诞生和发展奠定了物质和文化基础。西汉末年，许多“楚辞”作品就被刘向编纂为一部总集——《楚辞》。

《楚辞》是浪漫主义的代表作，在中国诗歌史上占有重要的地位。它的出现打破了《诗经》以后两三个世纪的沉寂，在诗坛上大放光彩。它与《诗经》开创了我国古代诗歌现实主义与浪漫主义融汇发展的优秀传统，是我国诗歌史上最早出现的两朵奇葩。后人也因此将《诗经》与《楚辞》并称为“风”、“骚”。

离骚

【原文】

帝高阳之苗裔兮[1]，朕皇考曰伯庸[2]。摄提贞于孟陬兮[3]，惟庚寅吾以降[4]。皇览揆余于初度兮[5]，肇锡余以嘉名[6]：名余曰正则兮，字余曰灵均[7]。

【注释】

①帝，先秦的“帝”字，直至战国中期，都只指神界主宰者，夏以后的人间君主称“后”称“王”而不称“帝”。古氏族为了美化自己的世系，都要托祖于天神天帝，自称是某“帝”某“神”的后裔。高阳：即颛顼帝的别号。屈原之所以自托为其子孙，是因为颛顼的后代熊绎是周成王的大臣，受封于楚国，及至春秋楚武王熊通生子名暇，后封于屈地，改姓屈，屈原就是他的后代。苗裔：后代的子孙。兮：文言助词，表示语气，相当于现在的“啊”。②朕（zhèn）：“我”的意思，也就是先秦时古人的自称。据《史记·秦始皇本纪》，秦始皇二十六年起，才诏定为帝王自称。皇：光大，美，是古代常用于神圣人、物的赞颂状词。考：指已经死去的父亲或祖先。皇考：就是对已经死去的父亲（或祖先）的美称。伯庸：“皇考”的表字。从《离骚》的艺术特点看来，应该是化名，例同下文的“正则”、“灵均”。③摄提：“摄提格”的简称。古人把天宫划为子、丑、寅、卯、辰、巳、午、未、

申、酉、戌、亥十二等分，称为十二宫。以岁星（木星）在天空转运所指向的方位来纪年。当岁星指向寅宫那一年，就叫摄提格，即寅年的别名。贞：正。孟：开端。陬（zōu）：夏历正月的别名。正月是一年的开端，故称“孟陬”。夏历正月是寅月。《楚辞》都用夏历。④惟：文言助词，常用于句首。庚寅：纪日的干支。寅年寅月寅日，古人认为是难得的吉日。吾：是作者在长诗中创造的神话式的艺术形象，不等于屈原本人。降：从天降临，与下文“百神翳其备降兮”的“降”意义相同。⑤皇：从王逸以来，都认为是“皇考”的简称。先秦文献中的单个“皇”字，用作名词，指天与古之帝王。王逸释“皇考”为亡父，又说它简称为“皇”，这不符合当时的语言习惯。刘向《九叹·愍命篇》把《离骚》的“皇考”理解为楚先王，相当于《诗经》颂诗里的“皇祖”、“皇王”，这样的“皇考”才可以简称为“皇”。览：观察。揆：揣度，衡量。览揆：就是研究的意思。初：开始。度：作名词解，气宇，气度。初度：就是初生时的气度。⑥肇：有“开端、起始”的意思，但此处另作他解。刘向在《九叹·灵怀篇》中有“兆出名曰正则兮，卦发字曰灵均”之句，闻一多在《离骚解诂》中认为“肇”是“兆”的借字，“肇”“兆”古通，因此“肇”在这里取意为卜兆算卦。锡：借作“赐”，赐给。嘉：善。嘉名：就是美名，包括下文的“名”与“字”。古代贵族子弟要在祖庙行冠礼时才取字。行冠礼的年龄一般在二十岁左右，这表示正式加入统治集团，担负起国家大任。⑦“名余”二句：这是在向人阐述我的名和字。正则：公正而有法则。灵均：灵善而均调。关于“正则”和“灵均”是否是屈原的名和字，至今众说纷纭，笔者认为，无论如何，“正则”、“灵均”都是美名。

【译文】

我是帝高阳的后裔，我的父亲名叫伯庸。在太岁寅年的正月，庚寅之日我降生。先父看到我初降时的气度，卜兆赐给我美名。我的名叫正则，我的字叫灵均。

【原文】

纷吾既有此内美兮①，又重之以修能②。扈江离与辟芷兮，纫秋兰以为佩③。汩余若将不及兮④，恐年岁之不吾与⑤。朝搴阰之木兰兮，夕揽洲之宿莽⑥。日月忽其不淹兮⑦，春与秋其代序⑧。惟草木之零落兮⑨，恐美人之迟暮⑩。不抚壮而弃秽兮⑪，何不改乎此度？乘骐骥以驰骋兮⑫，来吾道夫先路⑬！

【注释】

①纷：盛貌。《楚辞》句例，往往以一个字或三个字的形容词置于句首。内美：内在的本质的美，这里指前八句所美化的世系、生辰、“初度”、名字。②重（chóng）：加上。修：修饰。能：古通“态”，这里有“才能”的意思。屈赋经常以修饰容态比喻锻炼品德。③“扈江离”二句：扈（hù）：披在身上，楚地方言。江离：一种香草名，生在江中。芷：香草名，即白芷。辟：同“僻”，幽也。辟芷：幽香的芷草。纫：作动词，穿连。秋兰：香草名，秋季开花，花呈淡紫色。佩：这里作名词，指佩带在身上的饰物。这两句所描绘的“修能”，与《九歌》中的少司命、山鬼诸神一样，显然不是屈原的实际形象。④汩：水流急速的样子。⑤不吾与：不与吾，不等待我。与：等待。⑥搴

(qiǎn)：拔取，楚方言。阰(pí)：大的山坡，楚方言。木兰：香树名，辛夷的一种。揽：采。宿莽：一种经冬不死的香草。无论时间流逝多快，木兰都去皮不死，宿莽仍经冬不枯，暗喻自己在勤奋的锻炼中养成了清雅素洁的坚强个性。⑦淹：停留。⑧代序：轮换。序：古通"谢"。代序：即代谢。⑨惟：想。⑩美人：怀王。《离骚》里的美人都是"吾"思念、追求的对象，这是一个复杂巧妙的比喻。⑪今本句前有"不"字，宋洪兴祖《楚辞补注》说，他所见的《文选》古本没有。抚：据。壮，盛也。⑫骐骥：骏马，比喻有才能的人。⑬夫(fú)：语气助词。本篇除最后的"仆夫悲余马怀兮"的"夫"属实词外，其余都是语气助词。

【译文】

我既有许多内在的美德，又兼具外在的才能。身披幽香的江离和白芷，带着秋兰穿连的佩饰。时光如流水我怕追不上，岁月恐怕也不等我；朝霞中攀折山上的木兰，夕阳下采撷水洲的宿莽。日月匆匆一刻不停，春秋更替永无止息；想到草木的凋零陨落，害怕怀王霜染两鬓。为何不趁壮年摈弃污秽，为何不改变这样的态度？乘上骐骥去驰骋，我来为你引路。

【原文】

昔三后之纯粹兮[①]，固众芳之所在[②]；杂申椒与菌桂兮[③]，岂维纫夫蕙茝[④]？彼尧舜之耿介兮[⑤]，既遵道而得路；何桀纣之猖披兮[⑥]，夫唯捷径以窘步！惟夫党人

之偷乐兮[7]，路幽昧以险隘；岂余身之惮殃兮[8]，恐皇舆之败绩[9]！忽奔走以先后兮，及前王之踵武[10]；荃不察余之中情兮[11]，反信谗而齌怒[12]。余固知謇謇之为患兮[13]，忍而不能舍也；指九天以为正兮[14]，夫唯灵修之故也[15]！初既与余成言兮[16]，后悔遁而有他[17]；余既不难夫离别兮，伤灵修之数化[18]。

【注释】

①后：君王。昔三后：指老童、祝融、鬻熊。纯粹：丝无杂质称纯，米无杂质称粹；比喻古三王的德行美好。②固：本来。众芳：喻群贤。在：聚集。因为君王贤德，所以众多有才能的人才愿意聚集到他们身边。③申：这里是重叠的意思，形容茂盛。椒：花椒，一种灌木，所结的果子有香气。菌桂：应作“箘(jùn)桂”，即肉桂，一种香木。④维：唯，只有。蕙：兰草的一种，又名薰草。茝(chǎi)：即白芷。⑤耿：光明。介：正直。⑥猖披：衣不束带、散乱不整的样子。⑦党人：指朝廷里结党营私的群小。先秦的“党”字多指朋比为奸的结合，故孔子说“君子群而不党”，和后来的含义不同。⑧惮：畏惧，害怕。⑨皇舆：君王的乘车，这里比喻楚国。败绩：本指军队溃败，此指车驾倾覆，喻国家灭亡。⑩踵：脚后跟。武：足迹。⑪荃：香草名，此处隐喻怀王。⑫齌(jì)怒：怒火中烧。“齌”本义指用猛火烧饭。⑬謇謇(jiǎn)：直谏忠言的样子。⑭九天：苍天，古说天有九层。正：通“证”，意思是指天为证。⑮灵修：作品中塑造的以怀王为原型的另一个艺术形象，寄望他德行兼备，使国家长盛不衰。灵：神。修：美。⑯通行本在这句前面，还有“曰黄昏以

为期兮，羌中道而改路”两句，现已公认是衍文，故删去。成言：成约。⑰悔遁：变心。他：别的主意。这里是说秦相张仪游说楚怀王，以商於六百里之地劝他与齐断交，后来怀王信以为真之事。⑱数化：屡次变化。

【译文】

古代三王品德纯粹，群贤都围绕在他们周围。花椒丛和菌桂树杂糅相间，岂止是串连蕙草和白芷？那尧舜是多么耿直光明，遵循正道走正路。桀与纣衣不束带，只因贪图捷径难以前行。那些小人偷安享乐，国家的前途黑暗险阻。岂是我害怕自身遭殃，只怕王车将要毁坏。急匆匆前后奔走，想让你赶上先王的脚步；你不体察我的衷情，反而听信谗言对我发怒。明知忠言会招来祸患，想隐忍却难以割舍；遥指苍天为我作证，全都是为灵修的缘故。当初你与我盟誓，后来竟然反悔另有他想；我倒不难过与你分别，伤心的是灵修的变化无常。

【原文】

余既滋兰之九畹兮①，又树蕙之百亩。畦留夷与揭车兮②，杂杜衡与芳芷③。冀枝叶之峻茂兮④，愿竢时乎吾将刈⑤；虽萎绝其亦何伤兮⑥，哀众芳之芜秽⑦！

【注释】

①滋：培植。九畹：九是虚数，表示多（下文“九死”同此）。畹有十二亩、二十亩、三十亩几种说法。②畦（qí）：田垄，此作动词用，一行行地种植。留夷：即芍药。揭车：亦香草名。

留夷和揭车都是楚地所产香草。③杂：套种。杜衡：即马蹄香。香草象征贤才。以上四句用栽植香草比喻培养英才。④冀：希望。峻：高大。⑤竢：同“俟”，等待。刈（yì）：收割。⑥萎绝：指草木的自然老化、死亡。⑦芜秽：指中途变质，即篇末“兰芷变而不芳兮，荃蕙化而为茅”之意。

【译文】

我已培植九畹芝兰，又种下百亩惠草。分垄栽培留夷和揭车，其中间杂杜衡和芳芷。希望枝叶繁茂，到时候我就收割；即便枯萎凋谢也不悲伤，只哀伤众芳草的中途芜秽变质。

【原文】

众皆竞进以贪婪兮①，冯不厌乎求索②；羌内恕己以量人兮③，各兴心而嫉妒④。忽驰骛以追逐兮⑤，非余心之所急；老冉冉其将至兮⑥，恐修名之不立⑦。朝饮木兰之坠露兮，夕餐秋菊之落英⑧。苟余情其信姱以练要兮⑨，长顑颔亦何伤⑩！揽木根以结茝兮⑪，贯薜荔之落蕊⑫；矫菌桂以纫蕙兮⑬，索胡绳之纚纚⑭。謇吾法夫前

修兮[15]，非世俗之所服[16]；虽不周于今之人兮，愿依彭咸之遗则[17]！

【注释】

①竞进：争着向上爬。贪婪：贪得无厌，不知满足。②冯不厌：指贪得无厌。冯：通“凭”，楚方言“满”的意思。厌：满足。③羌：发语词，楚方言。恕：揣度。④兴心：生心，打主意。⑤驰骛：奔走。⑥冉冉：渐渐。⑦修：本义是长，古人以长为美，此处为“美”义。⑧落：始也。英：花的别名。落英：初生的花，即蓓蕾。早晨喝木兰花上坠落的露滴，晚上以秋菊初生的花为食，饮露餐英是比喻修炼品德，使自己人格高洁。木兰春天开花，菊花秋天始荣，这两句意同上文“朝搴阰之木兰兮，夕揽洲之宿莽”，也是以朝夕喻岁时。是说一年到头，无时无刻不在坚持修洁。⑨苟：只要。信：确实。姱：美好。练要：精要，是说操守纯粹。⑩长：长期。颇（kǎn）颔（hàn）：面貌憔悴黄瘦。这四句意承上节，众人因追求名利而自得，我却因追求仁义高洁为志向。⑪木根：此指木兰的根。⑫薜荔：香草名，蔓生灌木，亦称木莲。落蕊：初开的花。蕊：花心。⑬矫：举。菌桂：应作箘桂，这里指箘桂的嫩枝。⑭索：绳索，作动词，搓绳。胡绳：一种蔓生的香草。缅缅（xǐ）：长而下垂，整齐美观的样子。以上四句就是篇首所说的“修能”，是“吾”的神话形象的重要部分。⑮謇（jiǎn）：发语词，楚方言。法：效法。前修：前代的圣人。⑯服：佩，用。⑰彭咸：关于彭咸是谁有很多种说法，有说是“殷贤大夫”，也有说是彭祖祝融，即太阳神，但现在也没有确凿的证据。唯一可以肯定的是，彭咸应该是诗人心中的另一个美好化身，他包含了作者对德行深厚的理想人物的憧憬和赞美之情。

【译文】

众人都贪婪成性，个个贪得无厌欲壑难填；用自己的私心猜量他人，钩心斗角互相嫉妒。急速奔驰追逐私利，不是我心中之所急；衰老慢慢地将要来到，怕美名还不能建立。清晨饮木兰滴下的露水，傍晚吃秋菊的花瓣；只求我情操确实美好，长期饥饿也不悲伤。用木兰的根须串连白芷，再串薜荔的花蕊；用菌桂的嫩枝串连蕙草，把胡绳揉搓得又长又美。我效法前贤的模样，不是世俗之人所能够做到的；虽然不合于今人的趣味，只愿依从彭咸的风范。

【原文】

长太息以掩涕兮[1]，哀民生之多艰[2]；余虽好修姱以鞿羁兮[3]，謇朝谇而夕替[4]。既替余以蕙纕兮[5]，又申之以揽茝[6]。亦余心之所善兮[7]，虽九死其犹未悔。怨灵修之浩荡兮[8]，终不察夫民心。众女嫉余之蛾眉兮[9]，谣诼谓余以善淫[10]。固时俗之工巧兮，偭规矩而改错[11]；背绳墨以追曲兮[12]，竞周容以为度[13]。忳郁邑余侘傺兮[14]，吾独穷困乎此时也；宁溘死以流亡兮[15]，余不忍为此态也！鸷鸟之不群兮[16]，自前世而固然[17]；何方圆之能周兮，夫孰异道而相安！屈心而抑志兮，忍尤而攘诟[18]；伏清白以死直兮[19]，固前圣之所厚[20]。

【注释】

①太息：叹息。掩涕：掩面流泪。②民生：人生。先秦的“民”字，含义多有不同，一为百姓，一为自指，一为同列的小人。一般认为，这里的“民”一来是诗人自伤之词，一来也是哀百姓生活多艰。这是诗人悲天悯人的济世情怀的体现。③虽（雖）：同“唯”，只。好（hào）：爱好。修：修饰。姱：美貌。鞿：马缰绳。羁（jī）：马笼头。鞿羁：束缚，牵累的意思。④謇：发语词。谇（suì）：原义是劝谏。但与上下文意不相属，郭沫若在《屈原赋今译》中曾说“作为卒字解，言卒业也”，即完成的意思。替：废弃。⑤纕（xiāng）：佩的带子。⑥申：再次。⑦亦：语助词，在这里有转折的语气。善：爱好。⑧浩荡：原义水大貌，这里意同荒唐，没有准则。⑨众女：喻上文“众”、“党人”，是说包围在怀王身边的一群悭吝小人。蛾眉：美貌，比喻美德。⑩谣诼（zhuó）：造谣诽谤，楚方言。⑪偭（miǎn）：违背。规：制圆形的工具。矩：制方形的工具。规矩：在这里比喻法度。错：同“措”，措施。⑫绳墨：木匠画直线用的墨线，喻法度。“规”、“矩”、“绳墨”都是匠人用的工具。⑬周容：就圆随方，苟合取容。⑭忳（tún）：忧郁，烦闷的样子。侘（chà）傺（chì）：心情不定、失意的样子，

楚方言。⑮溘(kè):突然。溘死:暴死。流亡:指暴死野外，尸体不得收殓，而随水漂泊。⑯鸷(zhì)鸟:鹰类的鸟，猛禽。⑰固然:本来就是如此。⑱尤:罪罚。攘:本义是取。诟:侮辱。忍尤攘诟:就是承受各种罪责侮辱。⑲伏:同“服”，保持。⑳厚:动词，看重。

【译文】

长声叹息眼泪擦不干，哀伤人民生活的艰难；我爱好修饰而受到牵累，早晨刚进谏晚上就被废弃。毁坏了我蕙草作的佩带，又申斥我拿的芳芷。这些都是我的爱好，纵然九死也不后悔。怨恨灵修昏聩荒唐，终究不能体察我的衷肠；众女流嫉妒我的美貌，造谣诼伤我是生性淫荡。世俗之人本来就工于取巧，违背规矩而改变措施；背弃绳墨而追随邪曲，竞相苟且取容以为法度。我忧郁苦闷惆怅失意，独自穷困窘迫在这样的时代；我宁愿暴死于野外，也不忍仿效这种丑态。雄鹰的不合群，自古以来就这样；方榫圆孔如何能吻合，异路人哪会相安？委屈心情压抑志向，隐忍罪责承担侮辱；坚守清白而死的正直，这本为前圣所称道。

【原文】

悔相道之不察兮[1]，延伫乎吾将反[2]；回朕车以复路兮，及行迷之未远。步余马于兰皋兮[3]，驰椒丘且焉止息[4]；进不入以离尤兮[5]，退将复修吾初服[6]。制芰荷以为衣兮，集芙蓉以为裳[7]；不吾知其亦已兮，苟余情其

信芳！高余冠之岌岌兮[8]，长余佩之陆离[9]；芳与泽其杂糅兮，唯昭质其犹未亏[10]。忽反顾以游目兮[11]，将往观乎四荒[12]；佩缤纷其繁饰兮，芳菲菲其弥章[13]。民生各有所乐兮[14]，余独好修以为常[15]；虽体解吾犹未变兮[16]，岂余心之可惩[17]！

【注释】

①相：观察选择。察：仔细看清楚。②延：长久。一说延颈而望。伫：站立。延伫：长久站立。反：同“返”。③步马：解开车驾，让马散步。兰皋：长有兰草的水边。皋：水边。④椒丘：有椒树的山丘。且：暂且，姑且。焉：在这儿。⑤进：进仕。离：借作“罹”（lí），遭遇。尤：罪祸。这是说既然进仕郁郁不得志，倒不如退隐以洁一身。⑥初服：芳洁的服饰，这里比喻美好的品德。⑦芰（jì）：菱。芰荷：荷叶，楚方言。芙蓉：荷花。衣、裳：古代分别指上衣，下服，以叶为衣，以花为裳。⑧高：用作动词，加高。岌岌（jí）：本是山高的样子，这里与高叠用，形容很高。⑨长：用作动词，加长。陆离：很长的样子。⑩泽：旧说是“润泽”，与“芳”义近。但从上下文看来，应该是芳的反面，即污浊。糅（róu）：混在一起。芳泽杂糅是说芳香与污浊混杂在一起，比喻“吾”曾与“众女”、“党人”共处。昭质，清白的本质。昭，明。这两句是出污泥而不染的意思，我虽与一些奸邪小人共处于朝廷之中，但我决不会同流合污。⑪游：放纵。游目：远眺，放眼纵观。⑫四荒：四方荒远之处。荒：远。⑬菲菲：花草香气浓郁。弥：更加。章：同“彰”，显著。⑭民生：人生。⑮好修：爱好“修能”。常：习惯的意思，本作“恒”，

与下文"惩"字叶韵，后因汉文帝叫刘恒，汉人为避讳而改。⑯体解：即肢解，古代一种酷刑，把人的四肢砍掉。⑰惩：戒惧而悔恨。

【译文】

悔恨选择道路不曾细察，踌躇不前我将要返回；掉转我的车走回原路，趁走入迷途还不太远。我的马徐行在兰草边，奔到椒山暂且休息；不前去遭遇罪祸，隐退去重新修我当年衣。缝制芰荷作上衣，采集芙蓉为下裳；没人欣赏我也没有关系，只要我的内心确实芳香。把我的冠冕做得更高，把我的佩带结得更长；芬芳与污泥虽然杂糅，它的光彩质地却未受损伤。蓦然回首张望，我将远观四方；佩带缤纷装饰锦簇，芬芳格外馥郁幽香。人们天生各有自己的喜乐，我独好修洁并习以为常；纵然肢解我也不会改变，难道我的心可以惩戒？

【原文】

女媭之婵媛兮①，申申其詈予②；曰："鲧婞直以亡身兮③，终然夭乎羽之野④。汝何博謇而好修兮⑤。纷独有此姱节⑥？薋菉葹以盈室兮⑦，判独离而不服⑧。众不可户说兮，孰云察余之中情⑨？世并举而好朋兮⑩，夫何茕独而不予听⑪？"

【注释】

①女媭（xū）：一说是屈原的姐姐，一说是屈原的妹妹，都没有确实的证据，此处译为女伴即可，她是现实生活中对屈原既

同情又缺乏理解的一类人物的艺术化身。婵(chán) 媛(yuán)：关心爱切而显得婉转痛恻的样子。②申申：重叠不休，一遍又一遍。詈(lì)：责备。③鲧(gǔn)：传说中禹的父亲。婞(xìng)直：刚直。亡身：忘我。亡同“忘”。婞直亡身是说持正而不顾自身。④夭：死于非命。羽：山名。传说鲧被杀于羽山。⑤博：多。謇：直言。博謇：过于忠贞，爱说直话。⑥姱(kuā)：美好。节：节操。朱骏声《离骚补注》认为是“饰”字之误。饰指服饰,《离骚》以服饰喻节操。⑦薋(cí)：作动词，草堆积起来的意思。菉(lù)：即王刍，草类的一种。葹(shī)：即苔耳。菉葹都是恶草，比喻奸邪小人。⑧判：区别开来。服：佩带。⑨孰：谁。云：语助词。余：指“咱们”。⑩并举：互相抬举。好朋：喜欢结党营私。⑪茕(qióng) 独：原义是无兄弟称茕，无子称独。

【译文】

女媭对我那么关切，再三地把我责备；她说：“鲧刚直而忘身，结果死于羽山的原野。你何必直言好修洁，独自赋有这美好的节操？屋子里堆积着野花杂草，偏你与众不同不愿佩带。不能逐户去解说，有谁会体察咱们的真情；世人相互吹捧好结党朋，你为啥孤傲不听我的话。”

【原文】

依前圣以节中兮①，喟凭心而历兹②；济沅湘以南征兮③，就重华而陈词④；启《九辩》与《九歌》兮⑤，夏康娱以自纵⑥；不顾难以图后兮，五子用失乎家巷⑦。羿淫游以佚畋兮⑧，又好射夫封狐⑨；固乱流其鲜终

兮[10]，浞又贪夫厥家[11]。浇身被服强圉兮[12]，纵欲而不忍[13]；日康娱而自忘兮[14]，厥首用夫颠陨[15]。夏桀之常违兮[16]，乃遂焉而逢殃[17]；后辛之菹醢兮[18]，殷宗用而不长[19]。汤禹俨而祗敬兮[20]，周论道而莫差[21]。举贤而授能兮[22]，循绳墨而不颇。

【注释】

①节中：节制不偏，保持正道。②喟(kuì)：叹息。凭：愤懑。历：经历，遭遇。兹：现在，此时。③济：渡。征：行。④重华：舜的名字。传说舜葬于沅湘以南的九嶷山。⑤启：禹之子。《九辩》与《九歌》：我国古代神话中两个有名的乐曲，传说是启上天做客时偷带下来的。⑥夏康娱以自纵：语法与下文“周论道而莫差”同。一说这句仍指启一人。康：大。康娱：过分地逸乐。另一说是指启及其儿子太康。例同下文“日康娱而自忘”。⑦五子：启的五个儿子。用：因而。失：指太康失国。一说“失”为衍字。家巷：家乡，此指故都，太康耽于淫乐，被有穷国的后羿夺了故都。一说，家巷指内部的争斗。夏启十年至十一年间，五个儿子叛乱，被平定。夏启十五年，最小的儿子武观又叛，“五子家閧”就是指这两次内乱。或说“五子”即指武观。⑧淫、佚：都是过度享乐的意思。畋(tián)：打猎。⑨封：大。⑩鲜终：少有好的结果。⑪浞(zhuó)：人名，即寒浞，相传是羿的国相。厥：其。家：妻室家小。传说后羿沉迷于游猎，不理政事，国相寒浞擅权，与妃子纯狐私通，害死后羿。⑫浇(ào)：人名，即过浇，寒浞的儿子。被服：穿戴，引申为负恃、信奉之义。强圉：多力也。⑬不忍：不肯自制。⑭自忘：忘记自身的安

危。⑮颠陨（yǔn）：坠落。太康弟仲康之孙少康，攻灭浇，夏遂复兴。⑯常违："违常"的倒文，违背了正常的道理。⑰乃：于是。遂：终于，结果。焉：语气词。⑱辛：纣王的庙号。菹（zū）醢（hǎi）：菹是切细的腌菜，醢是肉酱，此指古代的一种酷刑，把人剁成肉酱。⑲宗：宗祀，指王朝。⑳汤禹："汤"指商汤，"禹"指夏禹。在屈赋中禹汤并称共三次，下文"汤禹严而求合兮"，《怀沙》"汤禹久远兮"，都是先汤后禹。俨：读作"严"，严明。祇（zhī）：与"敬"意义相同。敬重法度，不敢胡作非为，即谨慎的意思。㉑周：指周初的文王、武王和周公等人。㉒举贤授能，是屈原重要的政治主张之一，在作品里反复强调。这四字虽只在这里出现一次，但屈赋是文学作品，不是政治论文，这一政治主张，主要寄寓于"骐骥"、"众芳"等大量形象化的语言之中。

【译文】

遵循前代圣贤坚持正道，可叹历尽如此磨难让人寒心；渡过沅水湘江而朝南行，向虞舜去陈述衷情；夏启窃得《九辩》、《九歌》，夏王朝纵情娱乐放任无度；不居安思危考虑后患，五个儿子起了内讧。后羿沉溺于游猎嬉戏，喜欢射杀大狐狸。本来淫乱之徒就没有好下场，又被寒浞抢占了他的妻室。浇身体强壮有力，放纵自己的欲望不加节制；每日寻欢作乐以致忘形，终究掉了脑袋。夏桀行为违背常理，于是遭到灾殃。纣王把忠臣弄成肉酱，殷朝的王位也因而不长久。汤和禹都谨慎敬戒，周先王讲求理法也没差错，举用贤者和能者，遵守规矩没有偏颇。

【原文】

皇天无私阿兮[1]，览民德焉错辅[2]；夫维圣哲以茂行兮[3]，苟得用此下土。瞻前而顾后兮，相观民之计极[4]；夫孰非义而可用兮，孰非善而可服[5]？阽余身而危死兮[6]，览余初其犹未悔[7]；不量凿而正枘兮[8]，固前修以菹醢。曾歔欷余郁邑兮[9]，哀朕时之不当；揽茹蕙以掩涕兮[10]，霑余襟之浪浪[11]。

【注释】

①私：偏私。阿：与“私”同义。无私阿：即公正不偏。②民：人，此指君主。错：同“措”，施行。看万民之中最有道德的，就让他做君王，让贤能之士去辅佐他。③维：唯。茂：美。④相(xiàng)观：仔细的考察。民：万民众生。计：计虑。极：目的。计极：最终的想法。⑤服：义同“用”。⑥阽(diàn)：临近危险。⑦初：初志，初衷。⑧枘(ruì)：插孔用的木栓，此指木柄。凿的上端圆形中空，枘插其内，是为柄。不迁就凿孔的方圆大小来削柄，就插不进去。这是比喻古代的诤臣，不肯苟合取容，而不得善终。⑨曾：借作“增”，屡次。歔(xū)欷(xī)：悲泣抽噎的声音。⑩茹：柔软。⑪霑：同“沾”，浸湿。浪浪(láng)：流不断的样子。

【译文】

上天啊，不偏私，看到了有德行的才肯辅助。只有圣哲德行美好，才能够统治天下。考察了前王而又观省后代，看出了万民的心愿。哪有不义的人可被任用，哪有行为不好的人能被敬服？我纵使是身临绝境，回顾自己的初衷也不后悔。不度量凿孔的方圆而只求正枘，前代的贤人被剁成肉酱。我忧郁而又呜咽，哀怜我生不逢时。用蕙草擦干眼泪，眼泪滚滚沾湿了衣襟。

【原文】

跪敷衽以陈辞兮[1]，耿吾既得此中正[2]；驷玉虬以乘鷖兮[3]，溘埃风余上征。朝发轫于苍梧兮[4]，夕余至乎县圃[5]；欲少留此灵琐兮[6]，日忽忽其将暮。吾令羲和弭节兮[7]，望崦嵫而勿迫[8]；路曼曼其修远兮[9]，吾将上下而求索。饮余马于咸池兮[10]，总余辔乎扶桑[11]；折若木以拂日兮[12]，聊逍遥以相羊[13]。

【注释】

①敷：铺开。衽(rèn)：衣襟。②耿：明亮貌。中正：即上文“节中”，正道，真理。③驷：古代同驾一辆车的四匹马。这里作动词用，就是驾的意思。虬(qiú)：传说是无角的龙。鹥(yī)：传说中凤类的鸟，身有五彩。④轫：阻止车轮转动的木头。发轫就是在行车前把这块木头拿开，是出发的意思。苍梧：地名，舜所葬的九嶷山在其境内。⑤县圃：神话中的山名，在昆仑山顶。县：“悬”的古字。⑥灵琐：神的宫门。灵，神。琐，门上雕刻的花纹。此代指门。⑦羲(xī)和：古代神话中十个太阳的母亲，又是太阳的赶车夫。弭(mǐ)：停。节：鞭子。⑧崦(yān)嵫(zī)：神山名，传说中日没之处。⑨曼曼：同“漫漫”，长而远的样子。修：长。⑩马：指上文当马驾用的玉虬。咸池：太阳沐浴的神池。⑪总：整理系结。辔：缰绳。扶桑：神树名，据说在东方，日出于扶桑之下。⑫若木：神树名，据说生在昆仑山的西极，青叶红花，光华下照。拂日：拂拭太阳，使它放出光明，不要昏暗下去。⑬相羊：同“徜徉”，自由自在地往来游玩，有逍遥之意。

【译文】

跪在衣襟上陈述衷情，我的心中耿直已得中正之道。驾玉虬乘彩凤，飘忽地乘风而上。清晨从苍梧动身，晚上便来到昆仑山上的悬圃。想要在这神山逗留片刻，无奈太阳却匆匆地要西沉入暮。我叫羲和慢慢地行车，看到崦嵫也不要急迫。前面的路那么长，那么远，我将要上天入地去寻求探索。让我的龙马在咸池饮水，把缰绳拴在扶桑树上。折下几根枝条轻轻遮挡阳光，且让我无拘无束地在这里逍遥闲逛。

【原文】

前望舒使先驱兮①，后飞廉使奔属②；鸾皇为余先戒兮③，雷师告余以未具。吾令凤鸟飞腾兮，继之以日夜；飘风屯其相离兮④，帅云霓而来御⑤。纷总总其离合兮，斑陆离其上下⑥；吾令帝阍开关兮⑦，倚阊阖而望予⑧。时暧暧其将罢兮⑨，结幽兰而延伫⑩；世溷浊而不分兮⑪，好蔽美而嫉妒。

【注释】

①望舒：月神。②飞廉：风神。奔属：奔跑跟随。③鸾：神鸟名，形状如鸡而大，五色。皇：即“凰”，雌凤。④屯：聚集。离：读作“丽”，依附。⑤帅：同“率”，率领。霓：通“蜺”，虹霓。虹常有内外两层，通称为虹。古人分别言之，内层色鲜，称虹；外层色淡，称蜺。御：迎接。⑥斑：光彩斑斓。上下：天地。⑦阍：守门人。关：本义是门闩，此指天门。⑧阊(chāng)阖(hé)：天门。⑨暧暧：昏暗的样子。罢：完，指一天将尽。⑩结：结交，这里是寄情的意思。延伫：长久站立。⑪溷(hùn)：义同“浊”，肮脏浑浊。

【译文】

月神望舒在前面为我开道，风神飞廉跟在后面随着奔跑。鸾鸟凤凰在前头替我警戒，雷神却告诉我还没有准备好。我让凤鸟展翅飞腾，不管是白天还是黑夜都不停前行。旋风把分散的云朵聚集起来，率领着云霓前来列队恭迎。飘忽时聚时散，色彩斑斓乍离乍合，我让帝阍把天门打开，他却倚着天门冷冷地望着我。天色昏暗，一天将要过去，我编结着兰花久久地伫立。人世间是这样混浊善恶不分，总爱遮蔽美好的事物并且嫉妒它。

【原文】

朝吾将济于白水兮①，登阆风而绁马②；忽反顾以流涕兮，哀高丘之无女③。溘吾游此春宫兮④，折琼枝以继佩；及荣华之未落兮⑤，相下女之可诒⑥。吾令丰隆乘云兮⑦，求宓妃之所在⑧；解佩纕以结言兮⑨，吾令蹇修以为理⑩。纷总总其离合兮⑪，忽纬繣其难迁⑫；夕归次于穷石兮⑬，朝濯发乎洧盘⑭。保厥美以骄傲兮⑮，日康娱以淫游；虽信美而无礼兮，来违弃而改求⑯。

【注释】

①白水：神话中发源于昆仑山的河，饮后不死。②阆(làng)风：神山名，在昆仑山上。绁：系结，表示在这里停留。③高丘：指阆风山。无女："吾"在天国碰壁以后，渡过白水，登上阆风山顶，却没有一个理想的神女可以追求。④春宫：东方青帝所居。⑤荣华：琼枝上的鲜花。⑥下女：指下文宓妃、简狄、二姚等下界名淑。她们都是神话式人物，只因不住在天上故称"下女"。"下"相对于天而言。诒(yí)：通"贻"，赠送。⑦丰隆：

云神。⑧宓(fú)：古通“伏”。宓妃：传说是伏羲氏的女儿，因溺死于洛水，而成为洛水女神。⑨佩纕：佩用的丝带。结言：寄言结交。⑩蹇(jiǎn)修：人名，旧说为伏羲氏之臣。但从《离骚》的艺术特点来看，应该是作者虚构的寓言人物。⑪纷总总：指宓妃开始时心绪很乱，拿不定主意。离合：若即若离，不易捉摸。⑫纬繣(huà)：别扭。难迁：难以迁就。⑬次：住宿。穷石：西极的山名，传说是夏代东夷族有穷氏后羿所居之地，说法不一。传说宓妃是河伯之妻，常与后羿偷情。⑭洧(wěi)盘：神话里的水名，发源于崦嵫山。⑮保：恃，仗。⑯来：招呼从者之词。违：放弃，丢开。

【译文】

明天早晨，我将渡过白水，登上阆风山把我的马拴在那里。猛然间回头望，忍不住流起泪来，哀伤这高山上没有理想的女子。匆匆地我游逛到春神的宫殿，折下玉树的枝条来续上佩饰。趁着这开放的花朵还未凋落，到下界去送给可心的女郎。我让丰隆驾起云彩，去寻找宓妃住的地方。把佩带解下来寄托我的心意，我让蹇修去做媒人。忙忙乱乱地她总是若即若离，忽然间闹起别扭，真难迁就。晚上，她在穷石住宿，早晨，她却在洧盘的岸边洗头。她仰仗着美貌而满脸骄傲，整日里在外面荒唐地漫游。她虽然貌美，可是太不懂礼节，走吧！我要丢弃她，另外去寻求（别的姑娘）。

【原文】

览相观于四极兮①，周流乎天余乃下；望瑶台之偃

謇兮[②]，见有娀之佚女[③]。吾令鸩为媒兮[④]，鸩告余以不好；雄鸠之鸣逝兮，余犹恶其佻巧[⑤]。心犹豫而狐疑兮[⑥]，欲自适而不可[⑦]；凤皇既受诒兮，恐高辛之先我[⑧]。欲远集而无所止兮[⑨]，聊浮游以逍遥；及少康之未家兮，留有虞之二姚[⑩]。理弱而媒拙兮，恐导言之不固[⑪]；世溷浊而嫉贤兮，好蔽美而称恶。闺中既以邃远兮[⑫]，哲王又不寤[⑬]；怀朕情而不发兮，余焉能忍与此终古。

【注释】

①览相观：三字同义连用，都是看的意思。②瑶台：玉台，犹“琼楼”，华贵美丽的建筑。偃蹇：高耸的样子。③有娀(sōng)：古代部落名。佚：美。传说有娀氏有个美貌的女儿，名叫简狄，未嫁时住在高台上面，她后来成了帝喾的次妃。④鸩(zhèn)：传说中的毒鸟，羽毛呈紫绿色，稍置酒中，即能致人死命。⑤佻巧：言辞不诚实。⑥犹豫、狐疑：都是双声联绵字，疑惑不决的意思。⑦适：往。⑧受：通“授”。诒：原义是赠给，作名词用，指聘礼。高辛：即帝喾。传说简狄为帝喾之妃，吞食玄鸟（燕子）的卵而生契，为商人的祖先。简狄的婚姻与玄鸟有关，而《离骚》此处不写玄鸟写凤凰，因为它是一部浪漫主义的作品，风格浓艳夸张，凤凰的形象比燕子华美得多，作者出于艺术上的需要，才这样处理。⑨集：就。⑩少康，夏代中兴的君主，是大康弟仲康之孙，其父名相。寒浞指使自己的儿子过浇杀相，少康逃到有虞国，国君把两个女儿嫁给他。后来少康杀浇复夏。有虞氏属姚姓，故其两个女儿称“二姚”。⑪导：致。导言：传递言语。固：成，牢固。⑫闺：宫中小门，引申为内室。闺中本

义是女子所居之所，这里是女子的代称。邃：幽深，深远。⑬哲：明智。哲王：指楚怀王。寤：醒，喻觉悟。

【译文】

仔细观察了天空四方的边缘，在天上周游了一遍才降临大地。远远望瑶台那么巍峨壮丽，看见了有娀氏美女简狄。我吩咐鸩鸟去替我做媒，鸩鸟却告诉我说那美女不好。雄鸠边飞边叫着飞远了，可我却讨厌它的轻佻。心里犹豫不决而迟迟疑疑，想亲自前去又觉得不可以。凤凰已经送去了礼物，恐怕高辛已经比我先到了。我要到远处去又没有地方落脚，暂且随便游荡倒也逍遥。趁着少康还没有成家，有虞的两个女儿还在呢。提亲的媒人无能笨拙，恐怕这次传话又没有把握。世道混浊而又嫉贤妒能，喜欢隐蔽美好而宣扬邪恶。闺中的美人住在幽远深邃的地方，聪明的君王又还没觉悟。满怀衷情却无处倾诉，我怎能忍受这长久的痛苦了此一生！

【原文】

索藑茅以筳篿兮①，命灵氛为余占之②。曰："两美其必合兮③，孰信修而慕之④？思九州之博大兮⑤，岂唯是其有女⑥？"曰："勉远逝而无狐疑兮⑦，孰求美而释女⑧？何所独无芳草兮，尔何怀乎故宇⑨？世幽昧以昡曜兮⑩，孰云察余之善恶⑪？民好恶其不同兮⑫，惟此党人其独异⑬；户服艾以盈要兮⑭，谓幽兰其不可佩。览察草木其犹未得兮，岂珵美之能当⑮？苏粪壤以充帏

兮[16]，谓申椒其不芳！”

【注释】

①索：取。藑(qióng)茅：是一种用来占卜的草。古代楚人有“茅卜法”，结草折竹来占卦就用此草。以：与。筳(tíng)、篿(zhuān)：都是算卦用的竹片，楚人用于另一种占卜法。把两种不同的占卜工具写在一起，正如把扶桑与若木扯在一块、把燕子改作凤凰一样，是《离骚》特殊的艺术手法。②灵氛：卜师之名。从《离骚》的艺术特点看来，向灵氛问卜，是虚构假设之词。③其：表示肯定的语气助词。④信：真正，确实。修：美。慕：与上下文义矛盾，与“占”字韵也不叶，经多方考证，没有确切的文义。⑤九州：泛指天下。⑥是：此。⑦曰：古书中同一个人说的话，中间往往再用“曰”字。这是灵氛针对屈原所提出来的怀疑劝勉他勤奋努力，出去则必有遇合。勉：劝勉。⑧释：丢开，放弃。女：同“汝”，指“吾”。⑨宇：当从一本作“宅”，形之误。“宅”古音待洛反，与“恶”(乌各反)叶韵。故宅：老家，指楚国。⑩世：当从一本作“时”，“世”与“何所独无芳草”矛盾。眩曜：迷乱的样子。⑪云：语气词。余：包括“灵氛”与“吾”，就是咱们的意思，是一种表示亲密的称谓。⑫民：一般的人们。⑬惟：唯。此：指“故宇”。⑭户：披。艾：野草名，有怪味。要：古“腰”字。⑮珵(chéng)：美玉。当：借作“党”，懂得，楚方言。⑯苏：借作“叔”，索取。帏：佩在身上的香囊。对草木尚且缺乏辨别的能力，更不能鉴别美玉，那么玉再美也不适合他们。灵氛这样说，是为了坚定“吾”的去志。

【译文】

找到灵草和竹片，请灵氛为我占卜。她说："双方是美的一定能结合，可是谁真正美好值得去爱慕？想想天下是如此的广大，难道只是这里有美女吗？"她说："向远处去吧不要迟疑，哪有追求美好的人会把你丢下？什么地方没有芳草你何必如此怀念故土？世道既黑暗又让人眼花缭乱，谁能够详察咱们的善恶？人们的好恶本来就有不同，只是这里的小人更加独特不同。家家户户的人都在腰间挂满了艾草，反而说幽兰不可佩戴。分辨草木都不能真切，对美玉又怎能评价得恰当？拿粪土塞满了香囊，偏要说申椒一点也不香。"

【原文】

欲从灵氛之吉占兮，心犹豫而狐疑；巫咸将夕降兮①，怀椒糈而要之②。百神翳其备降兮③，九疑缤其并迎④；皇剡剡其扬灵兮⑤，告余以吉故。曰："勉升降以上下兮⑥，求榘矱之所同⑦；汤禹严而求合兮，挚咎繇而能调⑧。苟中情其好修兮，又何必用夫行媒；说操筑于傅岩兮，武丁用而不疑⑨。吕望之鼓刀兮，遭周文而得举⑩；宁戚之讴歌兮，齐桓闻以该辅⑪。及年岁之未晏兮⑫，时亦犹其未央⑬；恐鹈鴂之先鸣兮，使夫百草为之不芳⑭！"

【注释】

①巫咸：古代著名的神巫。但文中的巫咸，仅借用其名，不

是历史人物，而是寓言人物。故下文巫咸称引周代的吕望、宁戚。降：从天降临。②怀：揣在怀里，准备。糈(xǔ)：精米，用于祭神的祭品。椒糈：香草和精米。要：祈求。③翳：遮蔽，形容“百神”盛多。备：齐，全都。④九疑：山名，此指九嶷山诸神。⑤皇：读作“煌”，辉煌，是“剡剡”的状语。剡剡(yǎn)：发亮的样子。灵：神。⑥勉：勉强。升降上下：俯仰浮沉，只“求榘矱之所同”，不计地位之高低。⑦榘：即“矩”，量方形的工具。矱(yuē)：量长短的工具。同：合。⑧挚：即伊尹，汤时贤臣，帮助商汤灭夏。咎(gāo)繇(yáo)：即皋陶(yáo)，传说是夏禹时期的贤臣，是精明公正的立法官。⑨说(yuè)：即傅说，相传本是傅岩地方筑土墙的奴隶，商王武丁梦到他，就画了像到处寻访，结果在刑徒中找到，后为殷高宗时贤相。筑：打土墙用的木杵。⑩吕望：又称吕尚，俗称姜太公。本届姜姓，因先代封邑在吕，故以吕为氏。传说曾在朝歌当过屠夫，遇文王而被重用，是周朝的开国贤臣。鼓：敲。鼓刀：敲刀发声，以招揽生意。⑪宁戚：春秋时卫国人，喂牛时敲着牛角唱歌，抒发怀抱，被齐桓公听到，带去列为客卿。该：预备。辅：辅佐大臣。该辅：预备作为辅佐。以上所举伊尹、傅说、吕望、宁戚诸人，都是处卑“好修”，就地待时，而得到知遇，都没有“用夫行媒”。⑫晏：晚。⑬犹其未：即“其犹未”。上文“虽九死其犹未悔”、“唯昭质其犹未亏”、“览余初其犹未悔”、“览察草木其犹未得”，都作“其犹未”。⑭鹈(tí)鴂(jué)：子规鸟，秋天鸣。巫咸的话至此止。

【译文】

想听从灵氛的占卜吉言，心里却又犹犹豫豫无法决断。巫

咸将在晚上求神降临，我准备着香椒和精米去邀请他。百神遮天蔽日一齐降临，九嶷山的众神都纷纷去迎接。光灿灿地闪耀着灵光，巫咸又告诉我一些吉利的典故。他说："地上天下地去求索吧！去寻求道义相同的人。商汤夏禹诚心地寻求贤臣，才能和伊尹皋陶协同一心。只要内心确实是美好修洁的，又何必到处去托媒介绍？傅说曾在傅岩筑过土墙，武丁重用他却毫不怀疑。姜太公在朝歌操过屠刀，碰上周文王而得以荐举。宁戚喂牛时敲着牛角唱歌，齐桓公听到了任用他为辅佐。趁年岁还没有衰老，时势的极限还没有来到；当心那子规鸟叫得太早，使百草因此而芳香尽消。"

【原文】

何琼佩之偃蹇兮[1]，众薆然而蔽之[2]？惟此党人之不谅兮[3]，恐嫉妒而折之。时缤纷其变易兮，又何可以淹留[4]？兰芷变而不芳兮，荃蕙化而为茅。何昔日之芳草兮，今直为此萧艾也[5]？岂其有他故兮，莫好修之害也！

余以兰为可恃兮[⑥]，羌无实而容长[⑦]；委厥美以从俗兮[⑧]，苟得列乎众芳[⑨]。

【注释】

①琼佩：玉树枝做的佩。此处是自喻。偃蹇：繁盛而高贵的样子。②薆（ài）然：受到遮蔽而显得黯然。③谅：诚实，信用。④淹留：久留。⑤萧、艾：都是蒿草，不香。⑥兰：旧说是暗射楚怀王的小儿子子兰，其实不然。⑦羌：发语词。容：外表。长：义同“修”，美好。古人以长为美。⑧委：弃。⑨苟得：能够得到，实际上还配不上。

【译文】

为什么琼玉的佩饰出众地美丽，众人就把它的光彩遮蔽？这些小人是没有诚信的，怕他们会妒忌而把玉佩毁弃！世俗纷乱易变，怎能在这里久久流连？兰与芷变得不再芬芳，荃与蕙变成了茅草。为什么往日的芳草，今日里直成了野艾臭蒿？难道还有其他的缘故？都只怪他们不洁身自好！本以为幽兰可以信赖，谁知道它也虚有其表，抛弃了美质随从世俗，苟且地名列众芳。

【原文】

椒专佞以慢慆兮[①]，樧又欲充夫佩帏[②]；既干进而务入兮[③]，又何芳之能祗[④]！固时俗之流从兮[⑤]，又孰能无变化？览椒兰其若兹兮，又况揭车与江离？惟兹佩之可贵兮[⑥]，委厥美而历兹[⑦]；芳菲菲而难亏兮，芬至今犹未

沬[8]。和调度以自娱兮[9]，聊浮游而求女；及余饰之方壮兮[10]，周流观乎上下。

【注释】

①椒：王逸认为是暗射“楚大夫子椒”，但和“兰”一样，没有具体实证可考。《离骚》对众芳芜秽写得特别沉痛，在作品中一再严词谴责，应有作者的实际感受为生活基础。大概屈原被疏以后，原来大批得到过屈原扶植、支持屈原的人，全都随风转舵，倒向靳尚等人一边，而与屈原为敌。这是符合旧时代官场世道的一般规律的。但要说哪种香草影射哪个人，那就很难说了。慆：义同“慢”，傲慢。②榝（shā）：茱萸（yú）一类的草，外形似椒而无香味。③干：义同“务”，钻营追求。④祗：敬重。⑤流从：“从流”的倒文，随波逐流，趋炎附势。⑥惟：同“唯”。⑦委：作“秉”解释，把持，坚持。历兹：至今。⑧沬：消失，消散。⑨和：调和，缓和。调度：调整。这句是说把自己的心情调整得和悦、愉快一些。⑩饰：指琼佩。这一段是听了巫咸“吉故”之说后的感慨，是对他的反驳。其中心意思是故国里连众芳都已变质，只剩下“琼佩”、“偃蹇”，“吉故”不可能在故国重演再现。

【译文】

花椒专横谄媚而且傲慢，茱萸还想充满佩囊。既然都只贪图攀缘钻营，又有哪种芳草能够坚持芳香之道？时俗本来就随波逐流，又有谁能够不生变化？看椒兰都已经这样了，更何况揭车和江离？只有这玉佩是可贵的，却遭到弃置经此危厄！清香依旧难以污损，芳香至今还留存。调节内心的思度求得欢娱，姑且四处逍遥寻求美女。趁着我的玉佩还璀璨美丽，到天上地下去到处游览！

【原文】

灵氛既告余以吉占兮，历吉日乎吾将行①。折琼枝以为羞兮②，精琼靡以为粻③。为余驾飞龙兮，杂瑶象以为车④；何离心之可同兮，吾将远逝以自疏！邅吾道夫昆仑兮⑤，路修远以周流；扬云霓之晻蔼兮⑥，鸣玉鸾之啾啾⑦。朝发轫于天津兮⑧，夕余至乎西极；凤皇翼其承旂兮⑨，高翱翔之翼翼⑩。忽吾行此流沙兮，遵赤水而容与⑪；麾蛟龙使津梁兮⑫，诏西皇使涉予⑬。

【注释】

①历：选择，挑选。②羞：这里泛指菜肴。③精：捣碎。今闽南话还称捣为“精”。靡（mí）：细末。粻（zhāng）：粮食。④象：象牙。⑤邅（zhān）：转，楚方言。⑥扬云霓：举云霓作为旌旗。晻（yǎn）蔼（ǎi）：云旗蔽日的样子。⑦玉鸾：玉制的车铃，挂在车横上，形状像鸾鸟。啾啾：铃声。⑧津：渡口。天津：天河的渡口。传说在箕、斗二星之间。⑨翼：作动词用，展翅。承：连接。旂：指云旗。⑩翼翼：整齐和谐的样子。⑪遵：循。赤水：神话里的水名，源出昆仑山。容与：从容宽适的样子。⑫麾：指挥。梁津：在渡口搭桥。梁：桥，这里用作动词。⑬诏：命令。西皇：西方天帝少皞。涉予：帮助我渡河。

【译文】

灵氛告诉我说卜占是吉祥的，选定好日子我就去远方。折琼枝来做菜肴，用碧玉捣碎做干粮。为我驾驭飞龙之车，用美玉象牙装饰那车。怎能跟异心人在一块？我将远游放飞自己！把行程转向昆仑，路途遥远天涯漫漫。用云霓做彩旗飘扬蔽日，玉制的车铃铿锵如鸟鸣。早晨从天河的渡口出发，黄昏就到了西天的尽头。凤凰的彩翎连接如云彩的旗帜，在天空之上高高飞翔。转眼间来到一片流沙之地，沿着赤水河从容优游。指挥蛟龙在渡口搭桥，叫西皇帮我渡过河流。

【原文】

路修远以多艰兮，腾众车使径待①；路不周以左转兮②，指西海以为期③。屯余车其千乘兮，齐玉轪而并驰④；驾八龙之婉婉兮⑤，载云旗之委蛇⑥。抑志而弭节兮⑦，神高驰之邈邈⑧；奏《九歌》而舞韶兮⑨，聊假日以媮乐⑩。陟升皇之赫戏兮⑪，忽临睨夫旧乡⑫；仆夫悲余马怀兮，蜷局顾而不行⑬。乱曰⑭：已矣哉！国无人莫我知兮⑮，又何怀乎故都？既莫足与为美政兮⑯，吾将从彭咸之所居⑰。

【注释】

①腾：传告。待：当从一本作“侍”，与“期”叶韵。径待：在路边侍卫。②路：路过。不周：神话里的山名，在昆仑山西

北。③期：读作“极”，目的地。④轪（dài）：车轮的别名，楚方言。⑤婉婉：一作蜿蜿，龙在天空飞行蜿蜒的样子。⑥委蛇（yí）：即“逶迤”，舒卷蜿蜒的样子。⑦抑志：抑制自己的情绪。⑧邈邈：高远的样子。⑨韶：即九韶，传说是舜时的舞乐。⑩假日：利用时间。媮（yú）：通“愉”。⑪陟（zhì）：登。皇：皇天。戏：同“曦”，光明的样子。⑫临：居高临下。睨：斜视。⑬蜷局：卷曲不伸。顾：回头。⑭乱：本是古代乐曲里的一个名称，用在末尾，约当于今天的“尾声”。辞赋最后往往也有“乱”辞作为一篇的总结。⑮莫我知：“莫知我”的倒文。⑯美政：理想的政治。⑰从彭咸之所居：追随彭咸去他的居处。

【译文】

行程悠远而艰难，叫随从的车辆在两旁等待。路过不周山向左转弯，直奔西海而去！成千的车辆列队集中，玉制的车轮隆隆转动。每辆车驾八条婉婉的神龙，车上云旗飘飘荡荡。控制住兴奋减少兴态，心神已经像奔马一样跑远了。奏

起了《九歌》，舞起《九韶》，姑且娱乐一下来打发时光！登上了光辉灿烂的皇天，忽然间俯看到了故乡！仆人悲伤，马儿也怀恋，弯曲着身体回头看不肯向前。最后说：就这样算了吧！国家里没有人懂得我，我又何必怀念故都？既然没有人能同我推行美政，我将追随彭咸寻求安身的地方！

九 歌

东皇太一

吉日兮辰良[①]，穆将愉兮上皇[②]。抚长剑兮玉珥[③]，璆锵鸣兮琳琅[④]。瑶席兮玉瑱[⑤]，盍将把兮琼芳[⑥]。蕙肴蒸兮兰藉[⑦]，奠桂酒兮椒浆[⑧]。扬枹兮拊鼓[⑨]，疏缓节兮安歌，陈竽瑟兮浩倡[⑩]。灵偃蹇兮姣服[⑪]，芳菲菲兮满

堂。五音纷兮繁会⑫，君欣欣兮乐康⑬。

【注释】

①辰良："良辰"的倒文，为了与"皇"、"琅"押韵。②穆：恭敬肃穆。将：介词，同"以"。愉：通"娱"，此作动词用，使之快乐。③抚：抚摸。珥（ěr）：剑鼻，在剑柄上，此指剑柄。④璆（qiú）锵（qiāng）：佩玉相碰发出的声音。琳琅：美玉名。⑤瑶：美玉名，这里形容席的质地精美。瑱（zhèn）：同"镇"。玉瑱：压席的玉器。席铺在神位前面，上面摆着祭品。⑥盍（hé）：同"合"，聚集在一起。将：拿起。把：持。将把：摆设的动作。琼：美玉名，这里形容花色鲜美，例同"瑶席"。⑦肴蒸：祭祀用的肉。藉：垫底用的东西。⑧奠：祭献。桂酒：桂花浸泡的酒。椒浆：香椒浸泡的美酒。⑨枹（fú）：鼓槌。拊：敲击。⑩陈：列。竽：笙类的吹奏乐器，有三十六簧。瑟：弹奏乐器，有二十五弦。倡：同"唱"。浩倡就是大声唱，气势浩荡。⑪灵：这里指以歌舞娱神的巫女。《九歌》里的"灵"都指所祀之神。偃（yǎn）蹇（jiǎn）：舞姿优美的样子。⑫五音：宫、商、角、徵、羽，是我国古代音乐的五种音阶。宫相当于 C 调的第一音，商相当于 D 调的第一音，以此类推。⑬君：指东皇太一。

【译文】

吉祥日子美好的时光，恭敬肃穆娱祭上皇。手持着玉饰的长剑，身上戴的佩玉脆响叮当。瑶玉装饰的席子、美玉制成的压镇，还有那满把的琼玉吐芬芳。蕙草裹着祭肉垫着馨兰，祭献上桂花美酒和椒浆。扬起了鼓槌敲打着，节奏舒缓伴着轻柔的歌声，吹竽鼓瑟众声齐唱。神灵翩然起舞，挥动着华丽的衣裳，浓郁的香气四溢满堂。五音齐鸣交响四方，神君喜悦而快乐安康。

云中君

浴兰汤兮沐芳[①]，华采衣兮若英[②]。灵连蜷兮既留[③]，烂昭昭兮未央[④]。謇将憺兮寿宫[⑤]，与日月兮齐光。龙驾兮帝服[⑥]，聊翱游兮周章[⑦]。灵皇皇兮既降[⑧]，猋远举兮云中[⑨]。览冀州兮有余[⑩]，横四海兮焉穷[⑪]。思夫君兮太息[⑫]，极劳心兮忡忡[⑬]。

【注释】

①浴：洗身体。沐：洗头发。古人祭祀前必须斋戒，用兰草沐浴。②英：花。以上二句，写迎神的巫女。③灵：云神。连蜷：长而婉曲。既留：已经留下来。④烂昭昭：写云神的神采灿烂。未央：未尽，正盛。⑤謇（jiǎn）：发语词，楚方言。憺

(dàn)：安。寿宫：供神的神堂。⑥龙驾：驾龙车。诸神与《离骚》的“吾”一样，都用龙驾车。⑦聊：暂且。云神下天以前，先在天上盘旋一下。周章：周游往来。⑧皇：同“煌”。降：从天下降临地面。⑨猋(biāo)：去得很快的样子。这句写云神来飨，刚下来很快就走了，引起巫女的相思之苦。⑩览：云神所见。冀州：古称中国有九州，冀州、兖州、青州、徐州、扬州、荆州、豫州、幽州、雍州，冀州为九州之首，这里代指中国。有余：说云神的视野超出中国。⑪横：横奔。四海：古人以为九州周围有东南西北四海包围。四海指世界。焉：何。穷：尽。“焉穷”与“有余”互文，描写云神高瞻远瞩，无所不到，仅览中国而有余，横绝四海也不知其穷尽。⑫君：巫女对云神的尊称。⑬忡(chōng)：同“忡”，心忧的样子。

【译文】

用兰馨之水、白芷之香沐浴满身芳香，鲜艳多彩的衣服像花朵一样。神灵翩然起舞飘忽地降临，神采光辉灿烂不尽不藏。您且在寿宫安乐宴享，与日月同放光芒。穿着帝服乘驾龙车之上，暂且在九天之际遨游观览四方。神灵光芒灿烂的已经降临人间，倏忽间又像风一样飞回天上。览遍九州却仍心想他处，横行四海之后不知您的踪迹将停留何方。我思念神君啊却唯有叹息，无尽的愁思真让人忧虑劳伤！

湘 君

【原文】

君不行兮夷犹[①]，蹇谁留兮中洲[②]？美要眇兮宜修[③]，沛吾乘兮桂舟[④]。令沅湘兮无波，使江水兮安流。望夫君兮未来[⑤]，吹参差兮谁思[⑥]？驾飞龙兮北征[⑦]，邅吾道兮洞庭[⑧]。薜荔柏兮蕙绸[⑨]，荪桡兮兰旌[⑩]。望涔阳兮极浦[⑪]，横大江兮扬灵。扬灵兮未极[⑫]，女婵媛兮为余太息[⑬]。横流涕兮潺湲[⑭]，隐思君兮陫侧[⑮]。

【注释】

①君：湘夫人对湘君的尊称。夷犹：犹豫不前的样子。②蹇(jiǎn)：发语词，楚方言。谁留：为谁而留。③要(yāo)眇(miǎo)：美好的样子。宜修：修饰得恰到好处。④沛：水势急，这里形容桂舟行速很快。⑤夫(fú)：语气助词。君：指湘君。⑥吹：湘君在吹。参差：即排箫。以竹管编排，各管参差不齐，故名。相传是舜发明。谁思："思谁"的倒文，即思湘君。⑦飞龙：指雕刻着龙形的船。征：行。⑧邅(zhān)：转弯，回转，楚方言。⑨薜荔：蔓生灌木，一名木莲。柏：即"箔"，帘。蕙：兰草类，亦名薰草、佩兰。绸：帏帐。⑩荪：香草名，一作"荃"，俗名石菖蒲。桡(ráo)：短桨。兰：兰草。旌：旗杆顶上的饰物。⑪涔(cén)阳：地名，在涔水北岸，洞庭湖西北。浦：水边。极浦：遥远的水边，指涔阳。今湖南有涔阳浦，在洞庭湖与长江之间。涔阳可能是传说中湘夫人经常居留的地方。⑫极：引申义，到达。⑬女：侍女(戴震说)。婵(chán)媛(yuán)：关心痛恻

的样子。⑭潺（chán）湲（yuán）：缓缓而流的样子。⑮悱（fěi）恻：即“悱恻”，内心悲痛。

【译文】

湘君啊！您犹豫不走。究竟在水中沙洲等待谁？我既美丽又善于修饰自己，来吧！与我急流中同乘桂木之舟。愿沅水、湘水风平浪静，还请江水缓缓而流。我盼望着您，为什么您却还不来？您吹着洞箫在思念着谁？我本驾着龙舟向北远行，却转道来了这优美的洞庭。用薜荔做舱壁蕙草做帐，用荪草装饰船桨兰草作为旌旗。眺望涔阳那遥远的水边，我要横渡大江以表达我的挚诚。我的真诚还没全部表达出来，侍女已经心疼地为我发出叹息。眼泪纵横滚滚而下不可收，隐痛地思念你而悱恻伤神。

【原文】

桂櫂兮兰枻①，斲冰兮积雪②。采薜荔兮水中，搴芙蓉兮木末③。心不同兮媒劳④，恩不甚兮轻绝！石濑兮浅浅，飞龙兮翩翩⑤。交不忠兮怨长，期不信兮告余以不闲！鼂骋骛兮江皋⑥，夕弭节兮北渚⑦。鸟次兮屋上，水周兮堂下⑧。捐余玦兮江中⑨，遗余佩兮澧浦⑩。采芳洲兮杜若⑪，将以遗兮下女⑫。时不可兮再得，聊逍遥兮容与⑬。

【注释】

①桂、兰：都是香木名。櫂（zhào）：同“棹”，长桨。枻

(yì)：舵，也称艄，置于船尾，决定航向。②斲(zhuó)：同“斫”，砍也。江水冻结，上有积雪，须破冰开道。其实，当时还是秋风初起时节，不会有冰冻积雪。这是湘夫人比喻自己千方百计为爱情打开出路。③搴(qiān)：拔。芙蓉：莲花。木末：树梢。薜荔长于陆地，芙蓉生在水中，这两句是缘木求鱼的意思，形容求爱的艰难，所求不遂。④劳：徒劳。⑤濑(lài)：浅滩上的流水。翩翩：飞行轻快的样子。龙舟虽快，滩水太浅，这也是借喻单思之苦。⑥鼂(zhāo)：古同“朝”(zhāo)，早晨。皋：水边。⑦弭(mǐ)：停。节：鞭。渚(zhǔ)：江中沙洲。⑧次：停宿。周：环绕。这两句写处境的荒凉。⑨捐：弃。玦(jué)：环形而有缺口的玉饰。⑩遗：读作“坠”，丢下，义同“捐”。佩：佩玉。澧：水名，在湖南，注入洞庭。⑪芳洲：生芳草的水洲。杜若：香草名。⑫遗(wèi)：赠予，是“馈”的假借字。下女：地位卑下的侍女。“玦”与“佩”是男人的饰物，湘夫人本想送给湘君。因以为湘君背约不来，故而抛掉，表示决绝。采杜若给下女，则与此对照，意思是说：我与其送玦玉佩给你这个薄情郎，还不如采芳草给地位卑下的女子。一说“女”指湘君的侍女，希望通过她代为说情。此说与捐玦遗佩的决绝态度不符。或说“女”指湘夫人的侍女，即上文“女婵媛兮为余太息”的“女”。⑬容与：舒缓放松的样子。

【译文】

桂木的船桨，兰木的船板，刚刚破开的厚冰又因寒雪而堆积起来。我就好像在水中把薜荔摘取，在树梢把芙蓉采摘。两人心意不相通媒人必是劳而无功，恩爱不深也必定会容易分离！水流在石滩上湍急地流淌，飞龙之舟掠过水面疾行翩翩。交往不以忠诚为准就会使怨恨深长，约会不守信诺竟对我说是没有时间！早晨我在江边奔驰疾走，傍晚我在北岸歇息。鸟儿栖息在屋檐之上，流水围绕在华堂之下。把我的玉玦抛弃在江中，而把我的佩饰留在澧水之岸。在芳洲上采摘杜若，想送给陪侍的女郎。消逝的岁月不能再来，姑且逍遥自在而放开胸怀！

湘夫人

【原文】

帝子降兮北渚[1]，目眇眇兮愁予[2]。嫋嫋兮秋风[3]，洞庭波兮木叶下[4]。登白薠兮骋望[5]，与佳期兮夕张[6]。鸟何萃兮蘋中？罾何食兮木上[7]？沅有茝兮澧有兰[8]，思公子兮未敢言[9]。荒忽兮远望，观流水兮潺湲。麋何食兮庭中？蛟何为兮水裔[10]？朝驰余马兮江皋，夕济兮西澨[11]。闻佳人兮召予，将腾驾兮偕逝[12]。

【注释】

①帝子：湘君对湘夫人的尊称。古人称男女不分性别，均作“子”。因为湘夫人是帝尧的女儿，所以这里的“帝子”相当于后世的“公主”。②眇眇：远望不清的样子。愁予：使我发愁。“愁”作动词用。③嫋嫋（niǎo）：柔弱而细长的样子。④波：动词，生波。⑤白薠（fán）：草名，秋季生长，雁所食。⑥佳：佳人，指湘夫人。期：约会。张：为晚间的约会而准备、张罗。⑦鸟：指不能入水的陆地飞禽。萃：聚集。蘋：水生植物，萍类。罾（zēng）：渔网。这两句与《湘君》的“采薜荔兮水中，搴芙蓉兮木末”意同，突出了充溢于人物内心的失望与困惑，大有所求不得、徒劳无益的意味。⑧茝（chǎi）：香草名，即白芷。⑨公子：指湘夫人。古代贵族称公族，贵族子女不分性别，都可称“公子”。⑩麋（mí）：鹿的一种，较大。蛟：传说是无角的龙。水裔：水边。裔：本义是衣的下摆，引申为边。麋本当在山林而来到庭院里，蛟本当在深渊而来到水边。实写眼前荒凉景象，意同上文“鸟何萃兮蘋中，罾何为兮木上”。⑪济：渡。澨（shì）：水边。⑫腾驾：驾着马车奔驰。偕逝：同去。“召予”、“偕逝”，以及下文所写的同居生活，都是湘君夜宿“西澨”时的南柯美梦。

【译文】

湘夫人仿佛已经降临在北岸，我遥望不见而无限哀愁。微微的秋风，吹皱了洞庭湖水，落叶飘扬。我登上长满白薠的高地纵目四望。与湘夫人的约会，一直忙到月昏黄。鸟儿为什么聚集在蘋草中？渔网为什么挂在树枝上？沅有白芷，澧有幽兰，我虽思念湘夫人却不敢讲。心思恍惚，举目四望，只看到那洞庭湖水缓缓流淌。野麋寻食，为什么拘束在庭院？蛟龙游戏，为什么困蹙在浅滩？清晨我骑马奔驰在江畔，傍晚就已经渡过了大江西边水岸。听说夫人在召唤我，将与你一同驰车去成欢。

【原文】

筑室兮水中，葺之兮荷盖[①]。荪壁兮紫坛[②]，播芳椒兮成堂[③]。桂栋兮兰橑[④]，辛夷楣兮药房[⑤]。罔薜荔兮为帷[⑥]，擗蕙櫋兮既张[⑦]。白玉兮为镇，疏石兰兮为芳[⑧]。芷葺兮荷屋，缭之兮杜衡。合百草兮实庭，建芳馨兮庑门[⑨]。九嶷缤兮并迎，灵之来兮如云[⑩]。捐余袂兮江中[⑪]，遗余褋兮澧浦[⑫]。搴汀洲兮杜若[⑬]，将以遗兮远者[⑭]。时不可兮骤得[⑮]，聊逍遥兮容与！

【注释】

①葺：编结覆盖。②紫坛：用紫贝铺砌的庭院。紫：指紫贝。坛：中庭，楚方言。③成：借作“盛”。用芳椒涂壁，香气满堂。④橑（liǎo）：椽。⑤辛夷：香木名。药：白芷。⑥罔：古同“网”，此作动词用，编结。⑦擗（pǐ）：掰开。櫋（mián）：帐顶。⑧疏：分布。石兰：兰草的一种。⑨庑（wǔ）：走廊。⑩九嶷：此指九嶷山的群神，即下句的“灵”。“偕逝”的美梦至此止。⑪袂（mèi）：

复襦，外衣。⑫遗：读作“坠”，丢下。褋(dié)：汗衫。⑬汀：水中平地。⑭远者：陌生人。一说指湘夫人，想作最后的努力，但这与捐袂遗褋的决绝态度不符。⑮骤：屡次。骤得：一次次地得到。

【译文】

我们在水中建造一栋房子，用芷草修葺，用荷叶苫在房顶上。用荪草装饰墙壁，用紫贝砌中庭，把芳椒撒满屋子，满堂馨香。桂木做的栋梁，兰饰的天花板，辛夷的门楣，白芷的卧房。编结薜荔做帷帐，分蕙草做隔扇，全部已陈设妥当。洁白的美玉做席镇，压住四角，布列石兰散播它的芬芳。荷叶做的屋子，用芷草修葺，再用杜衡缠绕在房屋四围。聚集了百草充满庭院，筑起放置各种香草芳馨满溢的门廊。九嶷山的神灵纷纷来欢迎，为迎接湘夫人众神灵下降如同彩云一样。我把衣袖抛弃在江水之中，我把短衣丢在澧水岸旁。我在平洲上采摘杜若，向远方的情人表述衷肠。消逝的岁月不能再来，姑且逍遥自在而把心胸放宽！

大司命

【原文】

广开兮天门，纷吾乘兮玄云[1]。令飘风兮先驱，使涑雨兮洒尘[2]。君迴翔兮以下[3]，逾空桑兮从女[4]。纷总总兮九州[5]，何寿夭兮在予[6]。高飞兮安翔，乘清气兮御

阴阳⑦。吾与君兮齐速⑧，导帝之兮九坑⑨。

【注释】

①纷：多，形容“玄云”。玄：黑色。②涷（dōng）雨：暴雨。③君：巫女对大司命的尊称，下同。④空桑：神话里的山名。女：同“汝”，指大司命。⑤总总：众多的样子。“纷”形容“总总”之状。九州：指九州上的人。⑥何：谁。予：我，大司命自谓。⑦乘、御：都是驾驭的意思。清气：天地间清明之气。阴阳：我国古代辩证思想中两个对立的基本概念，阴代表地、柔、死……阳代表天、刚、生……此处兼及阴阳变化而言。⑧与：跟从。齐速：严肃地快步走，也叫“趋”，为恭谨之貌。⑨导：引。帝：上帝。之：往。九坑：坑，音“冈”，一作“冈”，字同。“坑”古本作“阬”，虚。九阬，犹九虚，即九天。九冈就是九州的代称。冈是高地，九州对四海而言，也是指无水的高地的。上帝是造物主，掌握人间生杀予夺的决定权。大司命是上帝这种权威的具体执行者，把大司命带到九州，就是把上帝的这种神威传到九州。这就是“导帝之兮九坑”的意思。故接下去就由大司命自我炫耀这种神威。

【译文】

（神巫唱）打开天国的大门，我驾着纷盛的黑云。命令旋风在前面开路，叫暴雨冲洗道路清洗飞尘。（祭巫唱）神君您盘旋着降临，我越过空桑将您跟从。（神巫唱）九州上的黎民百姓，谁寿谁夭全掌握在我的手上！（祭巫唱）神君啊！您安详地高高飞翔，乘着天地间清明之气，驾驭着宇宙的阴阳。我愿意跟着您啊，恭谨地疾速远去，引导天帝前往九天之上。

【原文】

灵衣兮被被①，玉佩兮陆离②。壹阴兮壹阳，众莫知兮余所为。折疏麻兮瑶华③，将以遗兮离居④。老冉冉兮既极⑤，不寖近兮愈疏⑥。乘龙兮辚辚⑦，高驼兮冲天⑧。结桂枝兮延伫，羌愈思兮愁人⑨。愁人兮奈何，愿若今兮无亏⑩。固人命兮有当⑪，孰离合兮可为⑫？

【注释】

①灵衣：神灵之衣。被被：同“披披”，飘动的样子。②陆离：光彩闪耀的样子。③疏麻：神麻。瑶华：玉色的花。④遗(wèi)：赠。离居：离居的人，指大司命。大司命居于天，巫女居于地，所以才这样说。⑤冉冉：渐渐。极：至。⑥寖(jìn)：渐渐。寖近：渐渐使之亲近。⑦“乘龙”二句：写大司命忽然离开祭堂，回天而去。龙：龙驾的车。辚辚：车声。⑧驼：通“驰”。⑨“结桂”二句：写神将离去，巫女对大司命的怀恋。羌：发语词，楚方言。思：指思念大司命。⑩无亏：指身体没有亏损。⑪固：本来。当：当然，本来的意思。⑫为：动词，任意安排，人为。以上四句是失恋后的自我宽慰，也反映古人的宿命思想。

【译文】

（神巫唱）神灵的衣裳随风飘动，腰间玉佩的光彩夺目灿烂。一生一死是自然的循环，谁也不知道是操纵在我的手上。（祭巫唱）折下一束神麻那如白玉般的花，我将把它赠送给离居的人聊表思念。生命的衰老已渐渐地来到，如果不再亲近就会愈加疏远。神君驾起龙车，其声辚辚，高高地奔驰向上直冲天空。我手拿着桂枝引颈远望，为什么越是思念越觉愁苦。忧愁又有何用，但愿永远像今天这样无所亏缺。既然人生命运本来就有定数，谁又能改变悲欢离合之恨呢？

少司命

秋兰兮麋芜①，罗生兮堂下②。绿叶兮素华③，芳菲菲兮袭予④。夫人兮自有美子⑤，荪何以兮愁苦⑥？秋兰兮青青⑦，绿叶兮紫茎。满堂兮美人，忽独与余兮目成⑧。入不言兮出不辞⑨，乘回风兮载云旗⑩。悲莫悲兮生别离，乐莫乐兮新相知。荷衣兮蕙带，儵而来兮忽而逝⑪。夕宿兮帝郊⑫，君谁须兮云之际⑬？与女沐兮咸池⑭，晞女发兮阳之阿⑮。望美人兮未来，临风怳兮浩歌⑯。孔盖兮翠旍⑰，登九天兮抚彗星⑱。竦长剑兮拥幼艾⑲，荪独宜兮为民正⑳。

【注释】

①麋芜：芎（xiōng）䓖（qióng）幼苗的别名。芎䓖通体芬

芳，秋天开花，花色洁白。②罗生：是说“秋兰”与“麋芜”并列而生。③素：白色。华：花。④袭：指香气扑鼻。予：群巫自称。⑤夫(fú)：发语词。人：人们。美子：美好的儿女。古代男女均可称“子”。⑥荪：香草名，这里用作对少司命的尊称。⑦青青：借作“菁菁(jīng)”，草木茂盛的样子。⑧余：少司命自称。目成：眉目传情。⑨入：来。出：去。辞：告辞。⑩“乘回”句：以旋风为车，以云为旗。古人车上插旗。⑪儵(shù)：同“倏”，义同“忽”，忽有忽无不可捉摸的样子。⑫帝郊：天国的郊野。⑬君：对少司命的尊称。须：等待。谁须：须谁，等待谁。⑭女：同“汝”。沐：洗头。咸池：传说中太阳沐浴的神池。⑮晞：晒干。阳之阿：即阳谷，也作旸谷，神话中日所出处。⑯怳(huǎng)：同“恍”，失意的样子。浩歌：放声歌唱。⑰孔：孔雀的翎毛。盖：车盖，圆形似伞。翠：指翡翠的羽毛。旍(jīng)：古“旌”字。以孔雀的羽毛为盖，以翡翠的羽毛为旍，极言其仪仗服饰之美。⑱抚：抚摸。彗星：俗称扫帚星，古人认为是灾星。表示少司命为儿童扫除灾难。⑲竦(sǒng)：挺耸。艾：年幼的称呼。幼艾：泛指年幼的人。⑳正：主宰。

【译文】

秋天的兰草和细叶麋芜，在堂下并排而生。嫩绿的叶子，素白的花儿，浓郁的清香阵阵扑面而来。凡人都有好儿女，神啊！您何必为此愁苦挂怀？青翠茂盛的秋兰绿叶紫茎，交相辉映。满堂都是迎神的美人，忽然间独独与我眉目传情。来时无语走了也不说再见，乘着旋风，树起云旗飘然而行。人生的悲哀莫过于生生的别离，快乐莫过于结识了新知己。穿荷衣系蕙带，倏忽而来又倏忽而去。傍晚在天国的郊野住宿，神啊！您久久停留在云际，到底是在等待谁呢？想与您同在咸池洗头，到九阳的曲隅把头发晒干。盼望美人啊，仍然没有来到，失意的我迎风高唱心神恍惚。孔雀翎装饰的车盖，翠鸟毛装饰的旌旗，您登上九天扶持彗星。手握长剑保护幼童，只有您才最应该成为百姓的主宰！

东　君

暾将出兮东方[①]，照吾槛兮扶桑[②]。抚余马兮安驱，夜皎皎兮既明[③]。驾龙辀兮乘雷[④]，载云旗兮委蛇[⑤]。长太息兮将上，心低佪兮顾怀[⑥]。羌声色兮娱人[⑦]，观者憺兮忘归[⑧]。缅瑟兮交鼓[⑨]，箫钟兮瑶簴[⑩]。鸣篪兮吹竽[⑪]，思灵保兮贤姱[⑫]。翾飞兮翠曾[⑬]，展诗兮会舞[⑭]。应律兮合节，灵之来兮蔽日[⑮]。青云衣兮白霓裳，举长矢兮射天狼[⑯]。操余弧兮反沦降[⑰]，援北斗兮酌桂浆[⑱]。撰余辔兮高驼翔[⑲]，杳冥冥兮以东行[⑳]。

【注释】

①暾(tūn)：温暖而明朗的阳光。②吾：祭者自称。槛：栏杆。扶桑：东方神树，日栖其上。兮：有“于”字的作用，说阳光将于扶桑那边照到我家栏杆。③晈晈：同“皎皎”，光明的样子。④辀(zhōu)：车辕，此指整个的车子。雷：谓车声如雷。一说用雷作车轮，亦通。⑤委蛇(yí)：即逶迤，舒卷蜿蜒的样子。⑥低佪：徘徊不进。心低佪：依恋不舍。顾：回头。顾怀：怀恋。⑦声色：指东君的车声旗色。⑧憺(dàn)：安然不动，这里有入迷的意思。⑨緪(gēng)：急促地弹奏。交鼓：相对击鼓。⑩箫：敲。瑶簴(jù)：挂钟的架。⑪篪：同“篪(chí)”，与“竽”同是竹制的吹奏乐器，形如笛，有八孔。竽：形如笙而略大。⑫思：发语词，带有赞叹语气。灵保：指巫女。⑬翾(xuān)：鸟儿小飞的姿态。翠：翠鸟。曾(zēng)：飞。⑭展诗：此指展开诗章来唱。会舞：合舞。⑮灵：指东君的随从诸神。蔽日：形容众多。⑯矢：箭。这里是星名。天狼：恶星名，相传主侵掠之兆，其分野正当秦国地面。⑰弧：木弓，这里也是星名，指孤矢星。反：同“返”。沦降：指降落西方。⑱援：举。北斗：星名，这里象征酒斗。⑲撰：抓住。辔：马缰绳。驼：通“驰”。⑳杳：深远的样子。冥冥：黑暗。东行：古人认为，太阳白天西行，夜里又要在大地背面赶回东方。最后六句写太阳下山、群星毕现的情景。矢、天狼、弧、北斗，都是星名。全诗写了一天的始末，人们一天也不能离开阳光的普照。

【译文】

黎明的太阳即将在东方升起，照耀着栏杆和扶桑。轻拍我的马儿慢慢前行，夜色渐明而天露曙光。驾龙车乘火雷，车上的云旗迎风飘荡。一声长叹即将登天上，内心怀念着茫茫大地而迟疑惆怅。妙音曼舞让人如此贪恋，使观礼的人都流连忘返。紧弦密鼓，对擂声声，敲起编磬撼动木架。鸣篪吹竽，敬爱的灵保贤德又美丽。翩然而起的舞姿，灵动飘逸的舞步，我们吟唱着诗歌而群起共舞。应和着歌舞的节律，众神灵降临时将阳光都已遮蔽。穿上青云上衣白霓裳，高举长箭射天狼。收起弧弓往西方而降，拿起北斗酌饮桂浆，手持马缰飞高驰翔，在冥冥夜色中我又转向东方。

河　伯

与女游兮九河①，冲风起兮横波②。乘水车兮荷盖③，驾两龙兮骖螭④，登昆仑兮四望，心飞扬兮浩荡⑤。日将暮兮怅忘归⑥，惟极浦兮寤怀⑦。鱼鳞屋兮龙堂⑧，紫贝阙兮朱宫⑨。灵何为兮水中⑩？乘白鼋兮逐文鱼⑪。与女游兮河之渚，流澌纷兮将来下⑫。子交手兮东行，送美人兮南浦⑬。波滔滔兮来迎，鱼鄰鄰兮媵予⑭。

【注释】

①九河：传说禹治黄河时开了九条河道，此泛指黄河众支流。②冲风：冲地而起的风，即暴风。③水车：以水为车。荷盖：以荷叶为车盖，古代车盖为圆形，似伞。④骖（cān）：古代一辆车套四匹马，中间的两匹马叫“服”，两旁的两匹叫“骖”。这里作动词用，驾在两旁。螭（chī）：无角的蛟龙。这句是说：两条

有角的龙驾在中间，两条无角的龙驾在两旁。⑤浩荡：水大貌，这里形容心情开阔。⑥怅：当作“憺”，迷恋。⑦惟：思念。极浦：遥远的水边。寤：醒。寤怀：从对昆仑的迷恋中警醒过来，怀念起遥远的水乡，极言思念之甚。⑧龙堂：壁上画龙的厅堂。⑨阙：王宫前面两边高耸的望台。⑩灵：对河伯的尊称。⑪鼋(yuán)：一种大鳖，色青黄。“白鼋”疑是神话中的怪异大鳖。文鱼：像鲫鱼、鲤鱼一类有斑纹的鱼。文鱼与白鼋一样，应该都是古代传说中的神异水族。⑫流澌：融解的冰块，也可以解释为流水。将：随同。⑬子、美人：都是河伯对巫女或洛神的美称。⑭鄰鄰：一作“鳞鳞”，连贯衔接，很有次序的样子。媵(yìng)：古代陪嫁的女子，此作动词用，护送陪伴。予：我，这里是单数作多数用，犹今“咱们”。

【译文】

我想跟您一块儿在九河里遨游，哪怕暴风吹起汹涌洪波。乘上以荷叶为盖的水车，驾驭着两龙，幼螭在两旁护驾。登上昆仑峰顶举目四望，心灵飞扬，豁然开朗。太阳快要落山了，我竟然陶醉得流连忘返！当想起那远岸，才忽然思念起自己的故乡。用鱼鳞砌成的屋子，装饰着龙鳞的厅堂，紫色贝壳堆砌的门阙，明珠装饰的殿堂。神君您为何要居住在水中央？骑着白色大鳖去追随文鱼，神君啊！我愿与您同游在河上。融解的冰块随流而下，您与我握手告别将要走向东方，我送您到南浦渡口，滔滔的波浪都来迎接您，成群的鱼儿把我送回家。

山 鬼

【原文】

若有人兮山之阿[①]，被薜荔兮带女萝[②]。既含睇兮又宜笑[③]，子慕予兮善窈窕[④]。乘赤豹兮从文狸[⑤]，辛夷车兮结桂旗。被石兰兮带杜衡[⑥]，折芳馨兮遗所思[⑦]。余处幽篁兮终不见天[⑧]，路险难兮独后来[⑨]。表独立兮山之上[⑩]，云容容兮而在下[⑪]。杳冥冥兮羌昼晦[⑫]，东风飘兮神灵雨[⑬]。留灵修兮憺忘归[⑭]，岁既晏兮孰华予[⑮]？

【注释】

①若：发语词。兮：在语法结构上具有“于”字的作用。阿（e）：曲隅处。山之阿：山凹，山深处。②被：同“披”。带，腰带。此作动词用。女萝：又名菟丝，是一种缘物而长的蔓生植物。③睇（dì）：微盼，楚方言。含睇：含情微盼。宜笑：笑得自然得体。④子：与下文的灵修、公子、君都是指山鬼，亦即扮演山鬼的女巫所思念的人。予：指山鬼。善：善于。窈窕：美好的姿态。⑤乘：驾车。文：花纹。狸：野猫。⑥被石兰：石兰做车盖。石兰即山兰，是兰草的一种。带杜衡：杜衡作车上的飘带。杜衡俗名马蹄香。⑦遗（wèi）：赠。所思：所爱的人。⑧篁：竹。终不见天：整日看不到天空。⑨后来：迟到。⑩表：突出。这句说：独个儿站在山上突出的地方，盼望情人。⑪容容：通“溶溶”，大水流动的样子，此指云。⑫杳：深远。冥冥：黑暗。羌：语气助词，楚方言。昼晦：白天昏暗。⑬神灵雨：雨神在降雨。⑭留灵修：为灵修而留。“灵修”是山鬼对情人的尊称。憺

(dàn)：安心，安然。这里是入迷的意思。⑮晏：晚。岁既晏：年已老。孰：谁。华：同“花”，此作动词用。孰华予：谁能使我再像花一样鲜美。

【译文】

好像有人在那山隅里，身披薜荔衣腰束女萝带。含情脉脉巧笑嫣然，原来你倾慕我的形貌美好。驾乘赤豹紧紧跟着斑纹狸猫，辛夷为车桂枝做旗。身披石兰缚着杜衡，你折下芳香的花朵送给思念的人。我住在幽深的竹林里终日不见阳光，道路艰险难行所以我孤独来迟。你孤身一人站在高高的山巅上，云雾滚滚在脚下浮动。眼前一片昏暗使白天如同黑夜一般，东风飘旋降下细雨。我愿为您而留兴奋得不想回去，年华已逝谁能使我永葆容颜？

【原文】

采三秀兮於山间①，石磊磊兮葛蔓蔓。怨公子兮怅忘归，君思我兮不得闲。山中人兮芳杜若②，饮石泉兮荫松柏。君思我兮然疑作③。雷填填兮雨冥冥④，猨啾啾兮狖夜鸣⑤。风飒飒兮木萧萧，思公子兮徒离忧⑥。

【注释】

①三秀：芝草，一年开花结穗三次，故名。《山海经·中山经》说“服之媚于人”，吃了可以赢得别人的喜爱。“采三秀”直承上段的“孰华予”，目的当在此，兮於山，郭沫若认为此“兮”字在句中有“于”字的作用，“於山”即巫山，於、巫古可同音假借。可备一说。②芳杜若：像杜若一样芬芳可爱。③君：指山

鬼。然：信。疑：不信。作：生。“然疑作”是说疑信交生。④填填：雷声。雨冥冥，因下雨而天色昏暗的景象。⑤猨：同“猿”。啾啾：猿声。狖（yòu）：黑色的长尾猿。⑥徒：徒然，白白地。离：借作“罹”（lí），遭受。

【译文】

我在山间想要采摘灵芝，却见山石磊磊葛藤盘绕。我恨你啊！竟怅然而忘却归去，或许您还在想念我，只是没空闲来看我。山中的你啊就像芬芳的杜若，渴饮石泉水，栖息在松柏。你还想念我吗？我的心中信疑交错。雷声滚滚细雨绵绵，猿猴哀鸣啾啾穿透夜幕。风声飒飒落叶萧萧，我思念您啊，空自悲伤！

【原文】

曰：遂古之初[1]，谁传道之？上下未形，何由考之？冥昭瞢暗[2]，谁能极之[3]？冯翼惟像[4]，何以识之？明明暗暗，惟时何为[5]？阴阳三合，何本何化[6]？

【注释】

①遂：通“邃”（suì），远。②冥：幽暗，指黑夜。昭：光明，指白昼。瞢（méng）、暗：都是昏暗的意思，“瞢”“暗”连文，是说昼夜未分，混沌不明的样子。③极：穷究。④冯

(píng)翼：宇宙混沌时，大气充盛弥满的运动状态。古代传说，未有天地之时，宇宙间只有大气在运动。惟：语气助词。像：只可想象得之，而无实形可见。古代“形”、“象”有别，“形”实“象”虚。这是一种看不见摸不着不实在的无定形感觉或现象。⑤惟：发语词。时：是，此。⑥三：同“参”，渗合。我国古代的朴素辩证思想，认为宇宙万物的生长，都由于阴气与阳气这两个对立物渗合统一的结果。又说阴阳渗合是由阳者吐气，阴者含气；吐气称“施”，含气称“化”；施出者为本，化即化育、化生。或说“三”指阴、阳、天。

【译文】

话说：远古初态，宇宙尚未形成，谁能将此种形态传言开来？天地还没有成形，又从何考定天地的差别？日月明暗昼夜清浊皆混沌一片晦暗不清，谁能探究出它的道理？天地形成前仅能想象到处充塞着无形的元气，又怎么能识别它的形体？昼与夜、阴与阳的分界，究竟是谁作谁为的？阴阳三合而生宇宙，何为本源何所变化？

【原文】

圜则九重①，孰营度之②？惟兹何功③，孰初作之？斡维焉系④，天极焉加⑤？八柱何当⑥，东南何亏⑦？九天之际⑧，安放安属⑨？隅隈多有⑩，谁知其数？

【注释】

①圜：同“圆”，指天。则：规则，体制。②营：通“萦”，环绕。度：计量。③惟：发语词。兹：此。何：赞叹词。④斡：

旋转，指旋转着的圆穹形天。维：本义是绳，此指地维，是四方形平地的四个角。⑤天极：星名，构成天顶，指最高层天的顶端。极：屋梁，引申为顶义。加：安放。⑥八柱：有两种说法，一种是支撑天的八座山，另一种是指地上支撑天的八根柱子。当：对着。⑦亏：缺损，此指低陷。⑧九天：这里指天的中央和八方。际：边际，指九野之间。⑨放：放置，设置。属（zhǔ）：连接。⑩隅：角落。隈（wēi）：弯曲处。

【译文】

天圆而生九重。谁又曾去环绕度量？开辟九重天需要什么样的功力，又是谁的力作？能使天体旋转的网绳系在哪里？而天体的八极又依附在何处？撑天的八柱根植何方？东南的天柱为何缺损不齐？九天的边际，放置何处？附属何方？天边相交隅角众多，又有谁能知道它的数目？

【原文】

天何所沓①？十二焉分②？日月安属？列星安陈③？出自汤谷，次于蒙汜④。自明及晦，所行几里？夜光何德，死则又育⑤？厥利维何，而顾菟在腹⑥？女歧无合，夫焉取九子⑦？伯强何处⑧？惠气安在⑨？何阖而晦⑩？何开而明？角宿未旦⑪，曜灵安藏⑫？

【注释】

①沓：交会。是问天与地在哪里交会。②十二：即十二辰，指太阳与月亮在天空黄道上的一年十二会。③属：附着。陈：陈列。④汤（yáng）谷：即“旸谷”，传说这是日出的地方。次：停

宿。蒙：神话中的水名。汜(sì)：水边。蒙汜：传说中太阳落下的地方。⑤夜光：月亮的别名。德：通“得”。则：而。育：生。“死”、“育”指月的亏、盈。⑥厥：其，指月亮。维：同“惟”。顾菟：指月中的阴影。⑦女岐：传说为女神“九子母”，系由尾宿“九子星”衍变而来。合：匹配，婚配。夫：发语词。取：取得，这里指生出。⑧伯强：亦名禺强、隅强，神话传说中北方的一位风神。⑨惠气：祥瑞惠和之气。⑩阖：关闭。⑪角宿(xiù)：星名，二十八宿中东方苍龙七宿的第一宿，有两颗，传说这两颗星之间就是天门。旦：明，指天亮。⑫曜灵：对太阳的尊称。以上是《天问》的第一部分，都写天象。先写鸿蒙未开，再写建立天盖，最后写日月星宿。

【译文】

天体中的日月在哪里相会合？十二个时辰如何划分？日月依附在哪里？众星陈列在哪里？太阳从旸谷中升起来，夜晚歇息在蒙水河边。从天明到日暮，所行之路究竟有多少里？月亮具有什么本领，竟然死了又能再生？月亮究竟有什么好处？而兔子竟在月亮里面藏身？女岐未曾婚配，怎么会生了九个孩子？伯强之神主宰戾气，他在何处？祥和明惠之气究竟在哪里？关闭什么而天黑？开启什么而天亮？角宿星尚未发光，太阳又藏在何方？

【原文】

不任汩鸿[1]，师何以尚之[2]？佥曰："何忧[3]，何不课而行之[4]？"鸱龟曳衔[5]，鲧何听焉？顺欲成功[6]，帝何刑焉[7]？永遏在羽山[8]，夫何三年不施[9]？伯禹愎鲧[10]，夫何以变化？纂就前绪[11]，遂成考功[12]。何续初继业，而厥谋不同[13]？洪泉极深，何以窴之[14]？地方九则[15]，何以坟之[16]？应龙何画？何尽何历[17]？鲧何所营？禹何所成？康回冯怒，坠何故以东南倾[18]？

【注释】

①任：胜任。汩(gǔ)：治水。鸿：借作"洪"，指洪水。②师：众人。尚：推举。③佥(qiān)：皆，都。④课：试，考察。行：用。⑤鸱龟：形如鸱鸟的龟。曳(yì)：牵绕，缠绕。衔：相衔接。⑥顺欲：顺从愿望。鲧这样做也是为了治平洪水，顺从众人的愿望。一说欲是"将"的意思。顺欲成功：犹言将要成功。⑦刑：极刑。⑧遏(è)：遏制，幽闭。永遏：长久拘禁。羽山：神山名，传说在东边海滨，鲧死于此。⑨施：通"弛"，缓解，释放。"不施"指不释放鲧。⑩愎(bì)：当从一本作"腹"。是说禹直接从鲧的腹部生出来。⑪纂就：继续。前：前人。绪：事业，指平治水土的工作。前绪：即前业。⑫考：对已亡故的父亲的称呼，这里指禹的先父鲧。⑬谋：谋略，指治水的方法。传说鲧用筑堤堵塞的消极方法，禹用疏通九河的积极方法。下面对比两人不同的方法及其不同的后果。⑭窴：同"填"，填塞。⑮方：

音义同“旁”，广大。则：当从一本作“州”。⑯坟：堤。此作动词用，筑堤。传说鲧盗息壤以筑堤。“息”是生长的意思，息壤是一种会自行增殖的神泥。⑰这两句当依一本作“应龙何画，河海何历？”应龙，有翼的龙。据说蚩尤出兵伐黄帝，黄帝就命令应龙攻打冀州之野。应龙畜水。蚩尤请来风伯雨师，操纵大风雨。黄帝于是请天女叫魃，大雨停止。应龙杀死蚩尤，后又杀夸父，于是去往南方，所以南方多雨。而此处应龙为禹画地导流入海是又一个神话。传说禹治水时，应龙以尾巴画地，成为江河，导水入海。历：经过，指水通过。⑱康回：指共工。冯：通“凭”，满，盛。坠：同“地”。传说共工与颛顼争帝，败后盛怒，用头撞坏西北天柱周山，周山因而改称不周山，大地也因而向东南倾斜。在总结夏禹治水时，插入共工之事，是因为共工使地倾东南，为禹的导洪入海准备了地理条件。共工争帝虽败，在改造自然方面，却是胜利的英雄。故写完鲧禹治水后，即追述共工的先行之功。

【译文】

鲧不能胜任治水重任，众人为何推举他？众人都说不必太过担忧，为什么不让他试着去做呢？鸱鸮和龟拖土衔泥，鲧为何对它们言听计从？如果顺应民意治水成功，尧帝又怎么会对鲧施以刑罚？虽然鲧在羽山被处死，但他的尸体为什么三年没有腐烂？伯禹从鲧腹中而生，为何他治水的方法会有变化？继续先人未竟的事业，完成先父治水之功德。为何能继承先业，而他的谋略方法却与前人不相同？洪水渊泉深不见底，竟然能将它填平？天下土地有九州，肥瘠有九等，用什么方法来划分？应龙如何以尾画地导流？江河湖海流域遥远又是如何流入大海？鲧在治水时采取了什么办法？禹成就了什么？康回勃然大怒，大地为什么就向东南倾斜？

【原文】

九州安错①？川谷何洿②？东流不溢，孰知其故？东西南北，其修孰多③？南北顺墮，其衍几何④？昆仑县圃⑤，其尻安在⑥？增城九重，其高几里⑦？四方之门⑧，其谁从焉？西北辟启，何气通焉⑨？

【注释】

①错：同“措”，安排。②洿（wū）：凹坑，此作动词用，挖坑，掘坑，可引申为疏浚。③修：长度，指距离。我国古代有各种关于大地广度的臆说，具体数字各不相同，有的认为南北比东西略短，有的认为南北与东西同，有的认为南北长于东西。观《天问》文意，屈原属后一种看法。④衍：余。这两句是说：以南北的宽度减东西的长度，尚余多少。⑤县（xuán）圃：神话里的地名，神仙所居之处，在昆仑山上。⑥尻：即“尾”，脊骨的末节，这里是基础的意思。“县

圃”的“县”是悬空的意思，即系于天，故问其地基安在。⑦增城：古代神话传说中的地名，为昆仑山上的一座城堡，共九层。⑧四方之门：昆仑山之门。⑨辟：打开。气：风。传说昆仑西北有“不周之山”，昆仑的北门开以纳不周之风。

【译文】

九州大地如何安置？河流山谷为何都如此之深？水都东流入海而不满溢，谁知道这是什么原因？大地有东西南北四方。哪方更长又长出多少？从南到北为椭圆形状，它的广度又是多少？昆仑山上悬圃仙境，到底在哪里呢？山有增城九重，它的高度又有多少里？四方之门户，都有谁由此出入？西北门户敞开，是让什么气由此通过？

【原文】

日安不到？烛龙何照[①]？羲和之未扬[②]，若华何光[③]？何所冬暖？何所夏寒？焉有石林？何兽能言？焉有虬龙[④]，负熊以游？雄虺九首[⑤]，倏忽焉在[⑥]？何所不死[⑦]？长人何守[⑧]？靡蓱九衢，枲华安居[⑨]？一蛇吞象[⑩]，厥大何如？黑水玄趾，三危安在？延年不死，寿何所止[⑪]？鲮鱼何所[⑫]？鬿堆焉处[⑬]？羿焉彃日？乌焉解羽[⑭]？

【注释】

①烛龙：古代神话中的一种神龙，能把日光照不到的地方照亮。②羲和：神话中的太阳之母，又是太阳的赶车夫。扬：扬鞭

东行。③若华：若木的花。若木是神树，在昆仑西极日落之处，花发红光，照耀大地。④虬(qiú)龙：无角的龙。⑤虺(huǐ)：传说中的毒蛇。⑥倏(shū)：义同“忽”，倏忽，极快的样子。⑦不死：指不死的人。⑧长人：指长寿的人。⑨靡蓱：一种神异的萍草，生长在水中。靡：古通“麻”。蓱：同“萍”。衢：本指岔道，这里指一枝多杈，或一叶多瓣。枲(xǐ)：麻的一种。华：古“花”字。⑩蛇吞象：指《山海经》中巴蛇吞象的事。⑪黑水：水名，发源于昆仑山。玄趾：地名，传说为黑水流域的一座山。⑫鲮(líng)鱼：一种怪鱼，即《山海经》中所说的陵鱼，人面人手鱼身，见则风涛起。⑬鬿(qí)：义同“魁”，大。堆：“雀”的误字。鬿堆：神话传说中的一种亦怪鸟、亦神兽的动物。⑭羿(yì)：神话中的英雄，善射。彃(bì)：射。乌：金乌，传说是太阳里的三脚神鸟。解羽：羽毛脱落，指死。传说尧时，十日并出，草木焦枯。羿奉尧命，射落九日，日中金乌羽毛飘零，都被射死。这里也是太阳的代称。

【译文】

太阳光何处照不到？为何还要烛龙照耀？日神羲和还没扬鞭启程，若木之花为何会放光？什么地方冬天温暖？什么地方

夏天严寒？哪里能有岩石成林？什么野兽能说人的语言？哪里会有虬龙，背着熊遨游？雄的虺蛇长了九个

头颅，往来倏忽会在何处？什么地方的人长生不死？长寿的人在守候什么？蔓生浮萍生有九重枝，枲麻的花又长在哪儿？灵蛇能吞下大象，那灵蛇的身子又有多大？黑水、玄趾之地，还有三危等山川都在哪里？哪里的人长生不死，生命究竟有无期限？鲮鱼生于何方？鬿雀长在哪里？后羿在哪里射下了太阳？日中金乌于何处坠羽丧生？

【原文】

禹之力献功①，降省下土四方②。焉得彼涂山女，而通之于台桑③？闵妃匹合④，厥身是继⑤。胡维嗜不同味⑥，而快鼌饱⑦？启代益作后⑧，卒然离蠥⑨。何启惟忧⑩，而能拘是达⑪？皆归躲籥⑫，而无害厥躬⑬。何后益作革⑭，而禹播降⑮？启棘宾商⑯，《九辩》《九歌》⑰。何勤子屠母⑱，而死分竟地⑲？

【注释】

①之力："之"作"致"解，致力，用力，与"献功"对文。功：指治水。②降：从天降临。省（xǐng）：察看。③涂山：传说中的南方古国名。一说在安徽当涂，一说在浙江会稽。传说禹在治水途中，娶涂山氏之女为妻。台桑：旧说是地名。一说指桑间野地。桑间野地是古代男女私会的地点。④闵：同"悯"，爱怜。妃：配偶，是说禹的配偶涂山之女。⑤继：继嗣。⑥维：语气助词。嗜不同味：指志趣不同。⑦快：满足于。鼌：音义同"朝（zhāo）"。"饱"与"继"韵不协调，疑是"食"的误字。"朝食"是古代男女情事的隐语。⑧"启代"句：传说益是禹的助手，禹

死后曾继承禹的王位，后被启取代。后：君主，国王。⑨卒(cù)：读作“猝”，出其不意。卒然：突然。离：借作“罹”，遭遇。蠥(niè)：忧患，灾祸。⑩惟：通“罹”，遭遇。惟忧：即罹忧，遭难。这里是指启当初被益所囚。⑪拘：拘禁，囚禁。达：逃脱。拘是达：即“达是拘”的倒装句，是说启逃脱益的拘禁。⑫归(kuì)：通“馈”，送来。鉃：古“射”字，此指弓箭。鞫：音义同“鞠”，一本即作“鞠”，是练武用的毬。⑬躬：身。⑭作：刘盼遂校作“祚”(zuò)，王位。革：推翻。⑮播降：播下种子，比喻子嗣繁昌。⑯棘：读作“亟”，屡次。宾：宾礼，古代的一种礼制，是诸侯朝见天子。此作动词用，朝见。商：当为“帝”字之误。⑰《九辩》《九歌》：系夏启所制的新乐曲。⑱勤：笃厚，厚待，这里是偏爱的意思。屠母，传说禹妻涂山氏孕启时，化为石头，禹高呼：“归我子！”石即破裂，启从中出。启的名字就是由此而来。“屠母”指破石的传说。“勤子”与“屠母”互为对比，有厚此薄彼的意思。⑲死：古通“屍”。竟：满。启是个淫君，天帝却对他特别偏爱，为了使他出生，不惜屠母分屍；后来又与他往来密切，送给他天乐《九辩》、《九歌》，更助长夏王朝的淫乐生活。屈原笔下的天帝，远不是道德的典范。

【译文】

大禹勤劳辛苦完成功业，尧让他去视察天下

四方。在何处与涂山氏之女相遇，而与她在台桑结成夫妇？与涂山女结合，是忧虑没有继嗣。为什么禹喜好与众不同，不贪图男欢女爱的情欲？启代益而做国君，突然间遭到禁困。为什么启遭到拘囚，却又能逃脱？益的兵徒皆交兵器投降或逃跑，而启无丝毫损伤。为何后来伯益失败，而夏启的统治能够长久？启执戟而舞并以美女祭祀天帝，得到了《九辩》和《九歌》。为何爱子竟使母亡，而尸骨竟分散遍地？

【原文】

帝降夷羿①，革孽夏民②。胡躲夫河伯，而妻彼雒嫔③？冯珧利决④，封狶是躲⑤。何献蒸肉之膏⑥，而后帝不若⑦？浞娶纯狐⑧，眩妻爰谋⑨。何羿之躲革⑩，而交吞揆之⑪？

【注释】

①帝：天帝。夷羿：夏代大康时有穷国的君主。有穷氏是东夷族，故称“夷羿”。②革：革除。孽：灾祸。革孽夏民是“革夏民孽”的倒文。史传启之子太康躭于游猎，羿利用夏民的不满情绪夺了夏都。③妻：作动词用，娶妻。彼：指河伯。雒嫔：指洛水女神宓（fú）妃。据说宓妃是河伯之妻，后羿射瞎河伯左眼，夺宓妃为妻。④冯：大而满，指拉满弓。珧（yáo）：蚌壳，此指蚌壳装饰的弓。决：射箭时钩弦的用具，套在右手指上，今称扳指。利决：灵活顺利地使用扳指。⑤封：大。狶（xī）：野猪。⑥蒸：祭。膏：肥美的肉。⑦若：顺从。不若：不顺从，即不顺从羿的心愿，指羿不得善终。屈原认为行为不善，祭祀无用，下

文“缘鹄饰玉，后帝是飨；何承谋夏桀，终以灭丧”也以祭礼的丰厚来挖苦、讽刺暴君的可悲下场。⑧浞（zhuó）：即寒浞，后羿的国相。纯狐：纯狐氏之女，后羿之妻。后羿重蹈大康的覆辙，也沉溺于游猎，不理同政，寒浞与其妻私通，后合谋杀羿自立为君。⑨眩（xuàn）：惑乱，此作淫乱解。眩妻：犹淫妻，指羿妻纯狐。爰：乃，于是。谋：指纯狐与寒浞图谋杀羿。⑩䠶革：传说后羿能射穿七层皮革。⑪交吞：联合吞食。传说后羿打猎回来，被家众烹食。揆（kuí）：揣度，思量，此作暗算解。

【译文】

天帝派遣夷羿降临，以消除忧患安抚夏民。为何却要射杀河伯，而娶雒嫔为妻？持着强弓戴上扳指，巨大的野猪都能射死。为何羿献上肥美的祭肉，天帝仍然不使他如意？寒浞要娶羿妻纯狐氏之女，惑于羿妻之言而谋杀羿。为什么羿能射穿皮革，而竟遭暗算被烹成肉汤？

【原文】

阻穷西征，岩何越焉[①]？化为黄熊[②]，巫何活焉？咸播秬黍，莆雚是营[③]。何由并投，而鲧疾修盈[④]？白蜺婴茀[⑤]，胡为此堂[⑥]？安得夫良药，不能固臧[⑦]？天式从横[⑧]，阳离爰死。大鸟何鸣[⑨]，夫焉丧厥体？

【注释】

①“阻穷”二句：是说鲧被困羽山，不得越羽山之岩的事。②黄熊：指鲧死后化作黄熊之事，也有一说是化作黄能，即三足

鳌，神异之物。③咸：都。秬(jù)黍：黑色黍子，是古代良种。莆(pú)：疑即“蒲”字，水生的草。雚(gàn)，芦苇类植物。营：读作“耘”，除草。“莆雚是营”即清除水草。鲧虽未根治洪水，却也有一定成绩。原来的一些草泽地区，清除了水草，种上了小米。④并：读作“屏”。投：弃。疾：恶，指恶名。在儒家经典里，鲧与共工、驩兜、三苗共称为“四凶”，“恶人”。修：长久。盈：满。修盈：指罪恶之多。⑤蜺(ní)：同“霓”，虹的一种，也称副虹，色较淡。白蜺：指嫦娥身着霓裳羽衣。婴：颈饰。茀(fú)：妇女首饰。⑥堂：盛装的样子。⑦臧：读作“藏”。传说嫦娥吞了西王母的不死之药，飞进月宫。不能固臧，是说嫦娥变成月影蟾蜍，仍显露于人间。⑧天式：自然的法则及规律。式：法式，法则。从横：即“纵横”，喻矛盾交错。从：同“纵”。⑨大鸟：姜亮夫认为是指太阳里的金乌。

【译文】

鲧往穷石西行遇阻受困，山岩重重又怎能超越？鲧既然已经化为黄熊，巫师又如何使他复活？鲧教百姓播种黑黍，种植莆雚。为什么和四凶一样同被摒弃，而认为鲧恶贯满盈？嫦娥身着霓裳美服头戴首饰，为何打扮如此华丽堂皇？羿从哪儿得到了仙药，却又不能妥善收藏？天体形式有纵有横，阳气散失就会死亡。巨大的飞鸟为什么鸣叫，又为何会解体命丧？

【原文】

蓱号起雨[①]，何以兴之？撰体协胁[②]，鹿何膺之[③]？鳌戴山抃[④]，何以安之？释舟陵行，何以迁之[⑤]？惟浇

在户[6]，何求于嫂[7]？何少康逐犬[8]，而颠陨厥首？女岐缝裳[9]，而馆同爰止[10]。何颠易厥首[11]，而亲以逢殆[12]？

【注释】

①蓱：即蓱翳，或作屏翳，神话里的雨师。②按此二句依《楚辞校补》当作“撰体胁鹿，何以膺之”。撰：胁，借指身体。鹿：指风神飞廉（用蒋骥说）。传说飞廉鹿身鸟头。③膺：呼应，应承。以上两句通行本作“撰体协胁，鹿何膺之”，疑“协”字因“胁”字而衍。④鳌（áo）：神话中的大海龟。抃（biàn）：拍手，此指抃舞，即鼓掌欢舞，传说渤海之东，有十五只巨鳌，用头顶着五座神山。⑤释：放弃。陵行：在陆地上行走。陵：陆地，楚方言。迁之：指神山迁移。传说龙伯国有一巨人，一次钓去六只巨鳌，它们所负载的岱舆、员峤两山，因而漂到北极，沉入大海。浇与鳌颇多类同之处。古代传说往往人兽不分，浇可能是鳌的化身，故《天问》将鳌负山与浇释舟合为一节。⑥惟：发语词。浇（áo）：寒浞之子，又称过浇，富有武力，曾杀死夏国君相（大康之侄，仲康之子），后又被相之子少康所杀。户：门，此指浇嫂的家。⑦嫂：浇之嫂，据说是寡妇。⑧少康：夏代的中兴之主，在夷夏争霸的斗争中杀浇复国。⑨女岐：人名，浇之嫂。⑩馆：馆舍。“馆同”即“同馆”。止：宿。⑪颠易厥首：指少康派人夜袭，错杀了女岐。易：以此代彼，指杀错。⑫亲：亲身，指浇自身。殆：危险，祸殃。这句是说浇后来遇难的事。

【译文】

雨师屏翳能呼云唤雨，他到底是如何使雨势兴起？风神长着鹿的身体，为何能接受长成这样的体形？大龟昂首背着五山击手而舞，这五座山又怎么能稳定不移？让舟船在陆地上行驶，怎么才能让它移动？来到女岐的门口，对他的嫂嫂有何相求？为什么少康驱赶猎犬袭击浇，却误杀了女岐砍下她的头？女岐替浇缝补衣裳，两人淫乱同宿共眠。为什么少康误取首级，女岐遭殃身亡？

【原文】

汤谋易旅，何以厚之①？覆舟斟寻②，何道取之？桀伐蒙山③，何所得焉？妹嬉何肆，汤何殛焉④？舜闵在家⑤，父何以鳏⑥？尧不姚告⑦，二女何亲？

【注释】

①汤：牟廷相、闻一多认为是“浇”的误字。谋：谋划，研究。易：治。旅：甲的别名。传说浇最早作甲。厚：指浇制的战甲坚厚。②斟寻：古国名。③桀：夏朝末代国君，是历史上著名的昏暴之君。蒙山：古国名。④殛：诛灭，指灭夏国。⑤闵：同“悯”，爱，此指孝。⑥鳏（guān）：字同“鳏”，无妻的男子。舜幼年丧母，父亲是个糊涂的盲人，偏爱继妻的儿子象。舜三十岁，还不曾娶妻，且受到全家人多方虐待。后来，尧访知舜是贤人，提拔他作继承人，并把自己的两个女儿娥皇和女英都嫁给他。⑦姚：舜属姚姓，此指舜父瞽叟。尧不姚告：尧不把配亲的事告诉姚家长辈。

【译文】

少康开始谋划灭浇时人甚少，为什么能迅猛壮大而取得胜利？浇有覆舟之力而灭斟寻，而少康又用什么方法取胜？夏桀出兵攻打蒙山，得到了什么战利品？妺嬉做了什么放肆的事，商汤竟把她诛杀？舜忧心还没有成家，父亲为什么不给他娶亲？如果尧不告诉舜父，娥皇、女英如何能与舜成亲？

【原文】

厥萌在初，何所亿焉①？璜台十成，谁所极焉②？登立为帝③，孰道尚之④？女娲有体⑤，孰制匠之？舜服厥弟，终然为害⑥。何肆犬体⑦，而厥身不危败？

【注释】

①萌：指贪欲初萌。亿：通“臆”，臆测，预料。这是说纣王制作象牙筷子时，大师箕子曾叹道：有了象牙筷子，势必要配上玉的杯子；有了玉的杯子，势必要配上山珍海味。发展下去，终将劳民伤财，滥建宫室。②璜（huáng）：美玉。十成：指十层。极：至，这里是最后完成的意思。③立：古通“位”。帝：登位为帝，是指舜继位为帝王。④道：通“导”，引导。尚：推崇，崇尚。⑤女娲（wā）：我国神话里一位造人、补天的女神。在先秦古籍中，其名仅见于《天问》，汉以后记载渐多。女娲又是女性的天帝。⑥服：顺从。弟：指舜同父异母的弟弟象。舜娶帝尧二女，象很嫉妒。为了夺取嫂嫂，千方百计地陷害兄长，这就是“终然为害”的意思。⑦肆：放纵，肆无忌惮。犬体：泛指兽性。这里是说象肆无忌惮地犹如猪狗一样谋害舜。

【译文】

生民最初的生活劳动，谁能凭空猜测？纣王建造的璜台高达十层，谁能有这样的功劳？女娲登位称帝，是谁记载传播这件事？女娲创造了人类，又是谁制成了她的形体？舜帝顺从他的弟弟象，最终使其成为祸患。为何象放肆如同猪狗一般，而舜却能不为他所害？

【原文】

吴获迄古①，南岳是止②。孰期去斯③，得两男子④？缘鹄饰玉⑤，后帝是飨⑥。何承谋夏桀⑦，终以灭丧？帝乃降观⑧，下逢伊挚⑨。何条放致罚⑩，而黎服大说⑪？

【注释】

①吴：古国名，春秋时据有今江苏、浙江的一部分。获：得。迄古：久远。②南岳：泛指南方的山岳，此不必实指。止：止境。③期：料想。去：一本作“夫”，当据改。夫斯：这样，指上文“迄古”二句。④两男子：指太伯、仲雍两贤人。他们分别是古公亶父（周文王的祖父）的长子和次子，由于看出父亲要把君位传给幼子季历，就主动避开，逃到江南。吴地人拥太伯为国君，太伯死后，仲雍继位。⑤缘（yuán）：衣服的边饰，引申为装饰。⑥后帝：天帝。飨：拿酒食招待。⑦承：传，贻。谋：通“规”，规谋，规划。⑧帝：商汤。降：下来，走出去。观：观察，视察民情。⑨伊挚：即伊尹，名挚。⑩条放：从鸣条放逐。条：鸣条，地名，在今河南开封北岸，或说在今山西安邑北。夏桀败于鸣条，并从这里被流放到南巢（在今安徽）。致罚：遭到惩罚。⑪黎服：黎民百姓。刘永济说“服”是“民”的误字。“服”古写作“艮”，与“民”字形近。说：同“悦”。

【译文】

吴国得到长久存在之地，于是留在南岳之地使民众栖止。谁能想到离开这个地方，竟然能得到太伯、仲雍两贤人？妹嬉的衣服上绣鸿鹄配饰玉佩，桀对她的恩宠如同帝王一样。为何她竟能接受伊尹的谋略，而最终使夏桀灭亡？商汤降临下土巡视四方，在民间遇到贤臣伊尹。为何夏桀自鸣条被放逐受罚，而黎民百姓十分高兴？

【原文】

简狄在台，喾何宜①？玄鸟致贻，女何喜②，该秉季德③，厥父是臧④。胡终弊于有扈⑤，牧夫牛羊？干协时舞，何以怀之⑥？平胁曼肤⑦，何以肥之？有扈牧竖⑧，云何而逢？击床先出⑨，其命何从？恒秉季德⑩，焉得夫朴牛⑪？何往营班禄⑫，不但还来⑬？昏微遵迹，有狄不宁⑭。何繁鸟萃棘，负子肆情⑮？

【注释】

①简狄：传说中有娀氏之女，嫁给高辛氏帝喾（kù），生子契，契是商族的始祖。台：玉石装饰的九层瑶台。宜：同“仪”，此作动词用，求爱。②玄鸟：即燕子。传说简狄吞下玄鸟之卵而生商之始祖契。致：送去。贻（yí）：赠，此作名词用，礼物，指送的蛋。③该：“亥”字之误。亥是殷人祖先，契的八世孙，传说他始“服牛”，即用牛驾车的创始人。秉：保持。秉德是古代常用语。季：亥的父亲，叫作“冥”，传说他曾任夏朝水官。④厥：

其。臧：善，此做榜样解。⑤弊：通“毙”，死。扈：“易”之误。有易是夏代古国名。亥到有易放牧，被有易人杀死。⑥干：盾牌。协：配合。时：是，此。王亥执盾入舞。这是古代一种流行的武舞，称干舞，是万舞（包括文舞龠舞和武舞干舞）的一部分，有蛊惑淫事的作用，有时也以万舞称干舞。诗的这两句可能是写王亥以干舞诱惑有易女人。怀：诱惑。⑦胁：腋下有肋骨的部位。平胁：体态丰腴的样子。曼肤：肤色润美。曼：美。⑧牧竖：牧童。竖：蔑称，童仆。⑨击床：指牧竖袭击王亥于床笫之间。⑩恒：王恒，王亥之弟。商族有兄终弟及的继承法。亥死于有易，弟恒继立。⑪朴：大。⑫班禄：颁赐爵禄。“班”同“颁”。往营班禄，姜亮夫认为可能说王恒到有易去颁赐爵禄，希望以此换回所失之牛。⑬但：疑是“得”字因形残而误。⑭昏微：即上甲微，亥之子。遵迹：遵循祖宗的行迹，指继承王位。有狄：即有易。“狄”、“易”古音相近。传说上甲微借河伯的军队讨伐有易，杀其国君绵臣。⑮“繁鸟萃棘”是古代典故，比喻众目睽睽，丑行难饰。萃：集中。棘：荆棘。很多鸟集中在荆棘上。负：背弃。肆情：放纵情欲。

【译文】

简狄深居九层高台，帝喾为什么对她如此钟爱？玄鸟送来礼物，简狄为何那么欢喜？王亥秉持了父亲王季的德行操守，他的父亲于是大为褒奖。为什么最终遭到困顿，为有易氏放牧牛羊？王亥跳起武舞，竟使有易氏之女对他怀思。有易氏之女体态曼妙，王亥以什么赢得了她为妻？有易氏之女与王亥，是如何得以相遇相逢？击床之事件发生的时候王亥已经逃出去了，否则如何能够保全性命？王恒依然秉承王季的德行，又为什么能够重得王亥所失的牛？为什么王恒能得到有易的赐禄，而且能够安然回返？上甲微追循祖迹而征伐有易，有易国因此不得安宁。为什么会荒废于击鸟射兽，而且会有荒淫秽乱的言行？

【原文】

眩弟并淫①，危害厥兄②。何变化以作诈③，后嗣而逢长④？成汤东巡，有莘爰极⑤。何乞彼小臣，而吉妃是得⑥？水滨之木，得彼小子⑦。夫何恶之，媵有莘之妇⑧？汤出重泉⑨，夫何罪尤⑩？不胜心伐帝⑪，夫谁使挑之？

【注释】

①眩（xuàn）：眼花，引申为糊涂，昏乱。弟：王逸说是舜弟“象”。②厥：其。③变化：传说象为了陷害舜，变换过三种奸诈的阴谋。④逢：大，昌盛。传说舜做天子后，不咎既往，封象于有庳，子孙都做了诸侯。⑤有莘（shēn）：古国名，在今河南。极：到。⑥小臣：官名，此指伊尹，本为有莘国的媵臣。吉：美好。⑦“水滨”二句：传说伊尹的母亲住在伊水边上，怀孕时伊水泛滥，母溺死，化为空心桑树。水退以后，人们听到婴儿哭声，就从空桑中抱出伊尹，献给国君。⑧媵（yìng）：陪嫁的人，此作动词用。⑨重泉：桀囚禁汤的地方。⑩尤：罪。⑪胜心：克制内心的欲望。伐：称功，夸耀。帝：指夏桀。这两句是说：商汤不能克制内心的欲望而去讨伐夏桀，这是受何人指使挑唆的？

【译文】

不成器的弟弟也是如此荒淫，并且因此杀害了他的兄长。为何王统善变狡诈多端，而他的后代竟也能长久绵延？成汤出巡东方，来到了有莘氏的国土。为什么本来是乞取小臣伊尹，竟娶得了贤淑的妃子？水边的那株空桑树下，拾获了那个小儿伊尹。为什么又生出恶感，把他送给有莘氏之女？汤从囚地重泉摆脱，究竟他犯了什么罪？汤能下定决心而伐桀，又是谁挑唆的？

【原文】

会鼂争盟①，何践吾期②？苍鸟群飞③，孰使萃之④？到击纣躬⑤，叔旦不嘉⑥。何亲揆发，足周之命以咨嗟⑦？授殷天下，其位安施？反成乃亡⑧，其罪伊何⑨？争遣伐器⑩，何以行之？并驱击翼，何以将之⑪？

【注释】

①鼂：同“朝”。会鼂：史称甲子之朝，指周武王姬发与各路诸侯于甲子日凌晨会师在殷郊牧野（今河南汲县北）盟誓，当天攻下殷都。会：会合。争：一本作“请”，宣告。②吾：疑是“晤”字之残。晤期：会晤的日期。③苍鸟：鹰，喻各路诸侯。④萃：聚集。⑤据《周书·克殷篇》和《史记·周本纪》记载：周武王攻下殷都后，先乘车到达纣王自尽的地方，亲自向尸体射了三箭，然后下车用剑击之，最后用大斧砍下纣王的头，挂在大白旗上。到：通“倒”。躬：身体。⑥叔旦：即周公，武王之弟，故称叔旦；因封于周（岐山北），而称周公。嘉：称赞。⑦揆：测度。亲揆：贴

心领会。发：武王名。足：应为“定”的误字。咨：叹息，此疑代指怀柔政策。这两句是说：周公不赞成残杀败军，而能领会武王的真正心意，用怀柔政策平定天下。“到击纣躬”，大概是武王的一时激愤，怀柔政策才是他一贯主张。⑧反：当从一本作“及”，等到。⑨伊：语气助词。⑩伐器：攻伐之器。伐：攻伐。此句是指周武王东征四国之事。⑪将：统率。

【译文】

武王伐纣，诸侯前来朝会请求一起征伐，为什么都能如期实践约定？苍鹰成群而飞，是谁把它们聚集在一起？分解砍断纣王的尸体，周公叔旦并不赞成。为什么武王亲自拨乱反正，确定周的天下，百姓赞叹不已？上天既然已将天下授予殷商，为什么又转移给了周？纣王的军队全部倒戈而使国亡，他又有哪些罪过？武王的军士踊跃拿起武器，是用的什么方法来动员他们？军队并驱齐进击敌，他又是怎么样来统帅大军？

【原文】

昭后成游，南土爰底[①]。厥利惟何，逢彼白雉[②]？穆王巧梅，夫何为周流[③]？环理天下[④]，夫何索求？妖夫曳衒，何号于市[⑤]？周幽谁诛？焉得夫褒姒[⑥]？

【注释】

①昭后：西周第四代国王。成：规模盛大。南土：指楚国。爰：乃。底：至。昭王南避，据说淹死于汉江。②逢：迎取。雉（zhì）：野鸡。③穆王：西周第五代国王。巧梅：即“巧模”，穷巧模拟，指穆王穷巧模拟营造宫室器具。④理：借作“履”，

行。环理天下：即指周穆王周行天下。⑤据《国语·郑语》、《史记·周本纪》记载：周厉王（幽王祖父）时，有一个七岁的小宫女碰到龙的吐沫所化的玄鼋，等她长大就自然怀孕了，在宣王（幽王父）时生一女。因害怕处罚，把她扔掉，被一对叫卖木弓、箭袋的夫妇拾去收养，带到褒国（在今陕西），后来就是传说“千金一笑”、“致亡西周”的褒姒。妖夫：指收养褒姒的夫妇。曳：牵引，指夫妇相引而行。衒（xuàn）：炫耀，指行卖时夸说货美。号：指叫卖。⑥谁诛：诛谁。诛：讨伐。幽王若不讨伐褒国，就不会得到褒姒。这二句意同上文“桀伐蒙山，何所得焉？”伐人等于自伐，诛人等于自诛。

【译文】

昭王盛车出游，来到遥远的楚国。他想获取什么利益，难道只是想获取白色的野鸡？穆王既然得到了良马，又为什么还要周游四方？既得天下就应当治理，又为何到处周游？妖异的夫妇在大街上一边走一边叫卖，究竟他们在叫卖什么？到底是谁杀了周幽王？又是如何得到的褒姒？

【原文】

天命反侧[①]，何罚何佑[②]？齐桓九会[③]，卒然身杀[④]。彼王纣之躬[⑤]，孰使乱惑？何恶辅弼[⑥]，谗谄是服[⑦]？比干何逆[⑧]，而抑沉之？雷开何顺[⑨]，而赐封之？何圣人之一德，卒其异方[⑩]？梅伯受醢[⑪]，箕子详狂[⑫]？

【注释】

①反侧：反复无常。②何罚何佑：当作“何佑何罚”。佑：通

“祐”，神的福祐。③齐桓：齐桓公，是“春秋五霸”的第一个霸主。九会：多次会盟诸侯。实际上齐桓公与诸侯会盟不止九次。九表示多，不是实指。④卒：终。身杀：犹言身亡。这是说齐桓公晚年任用竖刁、易牙、堂巫、开方四个恶人，酿成内乱。桓公被禁于一室，病时竟得不到饮食，死后诸子争权，六十七天尚未入殓，以致尸体腐烂，虫都爬出门外。⑤之：这。之躬：这个人。⑥弼：义同“辅”。辅弼：能起辅佐作用的贤臣。⑦服：任用。⑧比干：纣的叔父。因多次谏言，纣王怒而杀之，剖其心。⑨雷开：也称“来革”，纣王的佞臣。⑩卒：结局。异方：不同的方式。⑪醢（hǎi）：是“菹（zū）醢”的省文。菹醢是古代的一种酷刑，把人剁成肉酱。诸侯梅伯因忠谏而受此刑。⑫箕子：纣王的叔父，封于箕，为殷太师，忠谏纣王不被接纳，而披发装疯。详：通“佯（yáng）”，假装。

【译文】

天命真是反复无常，什么人会受惩治而什么人能得到福祐？齐桓公有九合诸侯的威力，最终也遭到杀身之祸。那殷商纣王以帝王之尊，又是谁使他狂暴昏乱？为什么会憎恶辅佐良臣，却听信小人的谗言谄媚？比干有什么悖逆的地方，而要加害于他？雷开善于阿谀奉承，却得赏赐封地？为什么圣人的德业相同，最终的结局却不相同？梅伯受刑被剁成肉酱，箕子披发装疯消极避世。

【原文】

稷维元子①，帝何竺之②？投之于冰上，鸟何燠之③？何冯弓挟矢④，殊能将之⑤？既惊帝切激⑥，何逢长之⑦？

【注释】

①稷：后稷，名弃。维：是。元：首。元子：长子。传说稷是帝喾的长子，是周族的始祖。喾正妃姜嫄因踩着上帝的脚印而怀孕生稷。②帝：帝喾的神化。竺：借作“毒”。③投：投放，抛弃。稷诞生后，家里人先弃之于“隘巷”，再弃之于“平林”，都未弃成，最后弃之于“寒冰”，但又有“鸟覆翼之”。因多次被弃，故取名为“弃”。燠（yù）：温暖。后稷之所以被“竺”、被弃的原因，在于氏族社会末期，对偶婚未严，丈夫往往怀疑第一个孩子是妻子在母家怀胎的，故有“杀首子，以荡肠正世”的风俗。后稷遭弃正是这种远古风俗的史影。④冯：持。⑤殊：特异。能：才能。将：持。这两句说稷从小就有特殊的才能。⑥惊帝：惊动上帝，即《诗经·生民》所说的“上帝不宁”。切激：激烈，说上帝震惊激烈。⑦逢：大。逢长：长大成人。

【译文】

后稷是嫡出长子，帝喾为何会憎恶他？将他丢弃在寒冷的冰上，鸟儿为什么会用翅膀盖着他给他温暖？为什么稷能拿强弓持利箭，是因为有殊异的才能而得到天帝的帮助？帝喾既然惊异而弃稷，为什么天帝又护佑他长大成才？

【原文】

伯昌号衰[①]，秉鞭作牧[②]。何令彻彼岐社，命有殷国[③]？迁藏就岐，何能依[④]？殷有惑妇[⑤]，何所讥？受赐兹醢[⑥]，西伯上告。何亲就上帝罚[⑦]，殷之命以不救[⑧]？师望在肆，昌何识[⑨]？鼓刀扬声[⑩]，后何

喜？武发杀殷，何所悒⑪？载尸集战⑫，何所急？伯林雉经⑬，维其何故⑭？何感天抑坠⑮，夫谁畏惧？皇天集命⑯，惟何戒之？受礼天下⑰，又使至代之⑱？

【注释】

①伯昌：即周文王，姬姓，被殷王朝封为雍州伯，也称西伯。号：号召。号衰，发号于衰微之世。②秉：持。秉鞭作牧，是说周文王作雍州牧伯一事。③令：使，指天命使然。彻：引申为发展、扩大。岐：地名，在今陕西，古公室父开始迁居于此。社：祭祀土地神的庙，建于国都，象征政权。④依：归。⑤惑妇：指妲己。⑥受：纣王。兹：读如“孳”，即“子”的假借字。文王的长子伯邑考被纣王所杀，并将其肉烹制为羹赐给姬昌服食。⑦亲就：亲受，主动接受。纣王灭绝人性，亲受天罚。⑧以：同“用”，因而。⑨师：太师，军队的统帅。望：吕尚，号太公望，俗称姜太公，做周的太师。肆：店铺。昌何识，如何识得吕望的贤才。据说吕望在店铺里卖肉，文王去请教，他说：“下屠屠牛，上屠屠国。”“文王喜，载与俱归也。”⑩鼓刀：敲刀。鼓：鸣。⑪武发：周武王，名发。悒：忧郁，这里是愤恨的意思。⑫尸：木主，特指周文王姬昌的灵牌。集战：会战。⑬伯：当为“燔”之音讹，焚烧，指纣王自焚于火中。雉经：缢死。⑭维：语气助词。故：缘故。⑮感：通“憾”。抑：义同“按”，指各种地质灾害。⑯集命：集禄命而授之，即授予天下。⑰礼：借作“理”，治理。⑱至：通“周”，指西周王朝。

【译文】

伯昌在殷商衰退的时候，拿着鞭子来到九州做牧伯。为什么上天把大任降临到岐社，让他们来统治殷国？当年太王带着宝藏迁居岐山，现在岐地将以什么作为依持？殷有妲己迷惑纣王，对纣王又能怎样劝谏？文王被赐喝用他儿子的肉煮的肉汤，西伯姬昌向天告命。为什么要亲自把纣王的罪状上告于天帝，而不去拯救殷商衰退的国运？姜太公吕望隐居在屠市，伯昌为什么就能识知？吕望敲击刀子放声歌唱，文王听后为什么那么欢喜？武王姬发既然已经诛纣灭商，为何还有忧虑？载着文王灵位出战，为什么又这样心急？纣王自焚身亡，究竟是什么原因？为何他的死能感天动地，而生前又畏惧谁？天帝既然已降天命于殷，为什么祖伊还要劝诫？纣王既然已经统治天下，为什么又被异姓取代？

【原文】

初汤臣挚①，后兹承辅②。何卒官汤，尊食宗绪③？勋阖梦生④，少离散亡⑤。何壮武厉⑥，能流厥严⑦？彭铿斟雉，帝何飨⑧？受寿永多，夫何久长⑨？中央共牧，后何怒⑩？蠭蛾微命，力何固⑪？惊女采薇，鹿何祐⑫？北至回水，萃何喜⑬？兄有噬犬，弟何欲？易之以百两，卒无禄⑭？

【注释】

①汤：商汤。挚：伊尹。伊尹初为商汤的媵臣。②兹：读作“滋”，益，进而。承：通“丞”，辅。③卒：死。官：疑“追”字之讹。这两句是说：伊尹死后其牌位进入商的宗庙，跟成汤

一起受到祭祀。“尊食宗绪”是享受王宗的庙食。④勋：功，此作“阖”的状语，言“阖”功勋显赫。阖(hé)：吴王阖闾。梦：吴王寿梦。生：古“姓”字，捐长孙。阖闾是寿梦的长孙。⑤少：少年。离：借作“罹”，遭遇。散亡：指阖闾年少时曾离散亡放在外。⑥壮：长大。武厉：勇武猛厉。⑦流：流播。严：原来应当是“庄”字，与“亡”叶韵，汉代人为避明帝之讳而改。“庄”在这里指战功。⑧彭铿(kēng)：即彭祖，传说中寿命长达八百岁的人。斟：此指烹调。传说彭铿善于烹调。飨：享食。⑨寿：久。传说彭铿是尧时人，活到周代。长：当作“怅”，惆怅：烦恼不快。⑩中央：中央之州。共牧：可能中央之州有公共牧场，国人到那里“共牧”。后：指周厉王。厉王“好专利”、“不布利”，遂引起国人起义。⑪蠭：古“蜂”字。蛾：古通“蚁”。蜂蚁：比喻周厉王时起义的国人。微命：指国人赤手空拳，以命相拼。力何固：力量为什么那么顽强，是说国人的这种不达目的决不罢休的态度，实在是很强大。⑫殷亡后：原殷的属国孤竹国国君二子伯夷、叔齐隐居首阳山，采薇充饥，不吃周朝的粮食。有位妇女提醒他们说：“这薇也是周的草木啊！”从此，他们连薇也不吃。传说有白鹿给他们哺乳。惊女：“惊”是“警”之误，妇女警醒他们。薇：一种野菜，高二三尺，嫩时可食。祐：当从一本作“佑”，帮助。⑬北至：向北行至。伯夷、叔齐隐居前大概住在首阳山以南。回水：河水环绕处，即河曲。首阳山在今山西，其西、南是黄河，北是汾水，周围河网稠密，故称回水。萃：聚集。指兄弟相聚隐居。⑭噬(shì)：咬。春秋时秦国君主秦景公有恶狗，弟鍼想要，景公不肯。鍼以百辆车去换，景公怒而夺其爵禄。百两：百辆车。

【译文】

开始汤让伊尹当个小臣，后来竟然做了辅政宰相。为何伊尹一直追从商汤为官，子孙得享王宗庙食百世？寿梦的孙子阖闾功勋卓著，少年时遭受离乱之苦。为什么壮年后能如此勇武，而使其威严远布流传？彭祖善于烹调雉鸡之羹，为何帝尧要亲自品尝并大加赞美？彭祖得享高寿活了八百多岁，为什么竟然能活得这么长久？中土九州共同治民，黄帝为什么会发怒？蜂蚁生命原本微小，为什么它们的生命力如此顽强？伯夷、叔齐采薇当作食物，有村妇警戒讥讽，白鹿为什么会来庇佑夷齐？二人北行来到回水之地，见到了什么让他们突然惊喜？秦伯有善咬的猛犬，为何他弟弟竟萌生据为己有的念头？弟弟想要以一百辆车来交换，最终不成反而失去了俸禄。

【原文】

薄暮雷电，归何忧？厥严不奉[①]，帝何求？伏匿穴处，爰何云[②]？荆勋作师，夫何长[③]？悟过改更，我又何言[④]？吴光争国，久余是胜[⑤]。何环穿自闾社、丘陵[⑥]，爰出子文[⑦]？吾告堵敖，以不长[⑧]。何试上自予[⑨]，忠名弥彰？

【注释】

①奉：奉持，保持。②“伏匿”二句：是说自己遭到排斥，退居在野。爰何云：作“云何爰”。云：语气助词。爰：哀叹，楚方言。“爰”与“言”叶韵。③荆：楚国。勋：大。作师：兴兵。

长：指国运久长。④当是作者对楚王讲的话。⑤吴光：吴公子光夺取吴国王位之后，连年作战，屡败楚师。楚怀王受张仪之骗后，曾心血来潮，轻举妄动，倾全国军队伐秦，结果兵败地削。这一节是提醒楚怀王要记取历史教训，不可轻易兴兵。⑥闾：里巷的大门。社：古代二十五家为一社，这里泛指村庄。⑦爰：乃。出：生出。子文：春秋前期楚成王的令尹（丞相）。其母处女时代与表兄斗伯比（楚宗室）私通而生子文，产后嫁给伯比。⑧吾：疑是"牾"字之误。牾告：犹今"乱"讲。堵敖：楚文王之子，即位不久被其弟弟楚成王所杀自立。⑨试：读作"弑"。予：作"与"，"予"、"与"古通。自与：给自己。在传统观念里，楚成王与子文是一对明君贤臣，素享美名，屈原却揭了他们的老底，颇有非议。

【译文】

傍晚时分雷电交加，归去吧，还有什么忧愁？其威严已经不复存在，对天帝又有什么祈求？虽然藏身在荒山野林，幽愤填胸还能讲些什么？荆楚之师功勋显著，如何能够久长？既然能够悔悟过失改正错误，我又有何话可说？吴光与楚争国，我国为什么能被他战胜？为何来往穿越里社丘陵，通淫荡之事，而生出令尹子文？子文对堵敖讲若杀熊恽，则国将衰不能长久。为何子文侍奉杀君之主，而能显忠义之名？